EILEEN

消失的囚徒

[美] 奥戴莎·莫思斐 著　连　汀 译

中信出版集团 · 北京

图书在版编目（CIP）数据

消失的囚徒／(美) 奥戴莎·莫思斐著；连汀译
.-- 北京：中信出版社，2017.11
　　书名原文：Eileen
　　ISBN 978-7-5086-8006-4

　　I.① 消…　II.① 奥…② 连…　III.① 长篇小说 – 美
国 – 现代　IV.① I712.45

中国版本图书馆 CIP 数据核字〔2017〕第 195380 号

消失的囚徒

著　　者：[美] 奥戴莎·莫思斐
译　　者：连　汀
出版发行：中信出版集团股份有限公司
　　　　　（北京市朝阳区惠新东街甲 4 号富盛大厦 2 座　邮编　100029）
承 印 者：北京诚信伟业印刷有限公司

开　　本：880mm×1230mm　1/32　　印　张：7.75　　字　数：142 千字
版　　次：2017 年 11 月第 1 版　　　　印　次：2017 年 11 月第 1 次印刷
京权图字：01-2017-5440　　　　　　　广告经营许可证：京朝工商广字第 8087 号
书　　号：ISBN 978-7-5086-8006-4
定　　价：42.00 元

目 录

1964

　　我看起来就像是那种你会在公交车上见到的女孩，读着一本从图书馆借来的和植物或地理有关的布面精装书，浅棕色的头发上可能还戴着一个发网。如果你看到我嘴唇紧闭，紧张地绞弄着手，轻跺着脚，你也许会以为我是个护校的学生或打字员。我看起来再普通不过了。年轻时的我怪异而胆小。我能想象这个女孩拿着一个普通皮包，吃着一小袋花生，每一颗都用戴着手套的手指来回搓着。她吸着两腮，心神不宁地望向窗外。

　　早晨的阳光照在我的脸上，我试图用腮红掩饰我的消瘦，但是那颜色对我苍白的肤色来说却过于鲜艳。那时的我瘦骨嶙峋，动作踌躇突兀，姿态僵硬。我的外表和新英格兰地区的天气一样冰冷而毫无生气，而外表之下一切的喜怒哀乐都被脸上成片软塌的痘印所模糊。假如我戴一副眼镜，可能还会有人认为我聪明，但我没有耐心成为一个真正聪明的人。

你会以为我享受密闭房间的寂静，大段乏味的沉默，我的目光慢慢扫过纸张、墙壁、厚重的窗帘，思绪停滞在目光所及之处——书、桌子、树、人。但我痛恨沉默。我痛恨寂静。我几乎痛恨所有事。那时的我非常不快乐，总是很恼怒。我试图克制自己，但那只让我更加笨拙、阴郁、愤懑。我就像是圣女贞德，或是哈姆雷特，但却投错胎成了一个无名之辈，一个弃儿，无人注目。没有比这更准确的说法了：那时的我不是我自己，而是其他人。那时的我，是艾琳。

那时——那已经是五十年前了——我是个过分拘谨的人。只要看看我就知道了。我穿着厚长筒袜，笨重的羊毛裙长过膝盖。我总是把外套和衬衣系到最高的一颗扣子。我不是那种引人回头瞩目的女孩，但说实在的，我长得不丑也不可怕。我年轻，相貌还可以，算平均水平吧。但在那个时候我认为自己糟透了——丑陋，恶心，与这个世界格格不入。在我看来，吸引他人的注意是十分荒谬的，因此我很少戴首饰，从不喷香水，也从不涂指甲。不过有一段时间我戴着一枚镶着一小颗红宝石的戒指，那戒指是我母亲的。

我最终告别那个愤怒的小艾琳是在十二月末，在那个生我养我、寒冷彻骨的小镇。冬天的第一场雪已经落下。积雪足有三四英尺①厚，密实地堆在每个庭院，洪潮般从底层窗沿溢出。白天，当阳光融化表层的积雪和排水道的冻冰，你会意识到原来太阳仍在照耀，生活偶尔还有乐趣可言。然而到了下午太阳下山后，一切再次冰封。夜晚，积雪上的冰层厚到足以承受一个成年男子的重量。我站在前门提着桶，把盐撒到通向街道的窄路上。前门的屋檐上挂着一排冰柱，我站在那里想象着冰柱断裂，直刺入我的胸部，如子弹般插入我肩膀的软骨，或是将我的大脑劈成碎片。人行道上的积雪已经被隔壁的邻居清扫干净。我父亲不信任这家人，他们是路德教教徒，而我父亲信天主教。我父亲不信任任何人。和所有老酒鬼一样，他总是疑神疑鬼，疯疯癫癫。路德教的邻居在我们家前门留了一个白色的柳编筐，里面用玻璃纸包着打蜡的苹果，还装了一盒巧克力和一瓶雪莉酒。圣诞节要到了。我记得卡片上写着：保佑你们父女。

　　没有人知道在我上班的时候家里发生了什么。我家是一栋殖民时期风格的三层建筑，棕色木头外面的红色包边已经开始脱落。我想象着我的父亲带着圣诞节的喜悦灌下那瓶雪莉酒，用壁炉的火点燃一根陈年雪茄。那场面真是滑稽。他通常喝的是金酒，偶尔也喝啤酒。我说过了，他是个酒鬼，就是这么简单。麻烦发生时，我只要递给他一瓶酒然后转

---

① 1 英尺约合 0.3 米。——编者注

身离开，就可以轻易分散他的注意力，让他安静下来。当
然，他的酗酒给年轻的我造成了严重的影响，我总是神经
紧张，烦躁不安，这就是和一个酒鬼住在一起的后果。这
样说来我的故事也没什么特殊之处。这些年来我和许多酗
酒的男人同居过，他们每个人都让我明白，担心毫无用
处，寻根究底不会有答案，而帮助他们无异于自我毁灭。
无论发生什么，酒鬼就是酒鬼，本性难移。现在我一个人
住着，很快乐，甚至可以说是欢喜。我太老了，没有精力
卷进别人的生活，也不再浪费时间思考未来，担心那些还
没发生的事。但我年轻的时候总是多虑，我时刻忧虑自己
的未来，总是想着我父亲——他还会活多久，他可能会做
什么，每晚我下班回家的时候等待我的是什么。

　　我们家并不舒适。母亲去世之后，我们从未归整清理她
的遗物，从未重新布置任何家具。没有她收拾打扫，整个家
脏兮兮地落满灰尘，堆满了没用的饰品，到处、到处、到处
都是东西，然而却感觉无比空荡。就像一栋被遗弃的房子，
主人像犹太人和吉普赛人那样连夜出逃。我们几乎不用书
房、厨房和楼上的卧室。所有东西就在那里静静落着灰，一
本杂志在沙发扶手上摊开已经几年了，糖果盘里都是死去的
蚂蚁。记忆中，我家像极了照片里沙漠中那些被核试验毁掉
的住宅，细节你大可自行想象。

　　我睡在阁楼的一张折叠床上，那张床是十年前的夏天我

父亲为露营买的，而露营却从未成行。他自己从书房拖了一把扶手椅到厨房，就睡在那里。那椅子在他买的时候还算是个新奇的玩意儿，一拉杠杆就会向后摇晃，不过杠杆早就失灵了，椅子锈成了永恒的静止。房子里的一切都和那个椅子一样——污秽而毁损，僵硬如冻结。

我记得那个冬天太阳下山很早，我很高兴，因为在黑夜的笼罩下，我能稍微平静下来，然而我父亲却害怕黑暗。这听起来是个挺可爱的怪癖，但其实一点都不可爱。晚上我父亲会点燃壁炉和烤炉，喝着酒，看着淡蓝色的火焰在微弱的顶灯下旋转。他总是说自己很冷，却几乎不穿衣服。这个晚上——让我从这里开始我的故事——我发现他光脚坐在楼梯上喝着雪莉酒，手指间夹着一根雪茄烟蒂。"可怜的艾琳。"我穿过门时他讽刺道。他对我非常轻蔑，觉得我平庸可悲，并且丝毫没有为此感到良心不安。如果那时我的白日梦成真的话，有一天我会发现他平躺在底层台阶上，扭断了脖子但尚存一口气。"是时候了。"我会用我能想到的最无动于衷的口吻说，然后凝视他慢慢死去。我憎恶他，没错，但是我尽了做女儿的义务。家里只有我父亲和我两个人。我还有个姐姐，据我所知她还活着，但过去五十年我们从未说过话。

"爸。"我从楼梯上经过他的时候说。

他体型不算魁梧，但是肩宽腿长，有种王者之相。头发稀疏灰白，直立着盖在头顶上。他看起来比实际年龄要老个几十岁，圆睁的眼睛里总是透出怀疑和不满。回想起来，他就像我工作的监狱里的那些男孩一样敏感而愤怒。不管喝多少酒，他的手总在抖。他总是用力地揉着他又红又皱的下巴，那架势就像一个人在摸一个小男孩的头，叫他捣蛋鬼。他说，此生的遗憾是没能长出真正的胡子，就好像胡子是可以靠努力长出来的。他就是这副德行，心有不甘，神情傲慢，逻辑混乱。我想他从没有真正爱过他的孩子。我母亲去世多年后他还戴着那枚婚戒，说明他多少还爱着我的母亲，但我怀疑他根本没有真正爱一个人的能力，他是个刻薄的人。到目前为止，我原谅他的唯一方法是想象他小时候挨过父母的毒打。这虽然算不上什么妙方，但很奏效。

我有必要声明，这个故事并非关于我父亲的恶行，我的本意绝非控诉他的残忍。但我清楚地记得那天他坐在楼梯上，抽动着脸，仿佛觉得看到我就很恶心。我站在楼梯口俯视着他。

"你出去一趟，"他哑着嗓子说，"去趟兰德。"兰德是镇上卖酒的地方。他摊开手，让空酒瓶滑落，一级一级地滚下台阶。

现在我十分理性，甚至可以说是平和，但那个时候我很易怒。一直以来，我父亲把我当他的仆人使唤，我却不是那种会说"不"的女孩。

"好吧。"我说。

我父亲咕哝着，抽着他的雪茄。

心烦意乱的时候，我喜欢关注自己的外表，从中获得些许安慰。坦白讲，我过分在意自己的长相了。我的眼睛又小又绿，尤其在那个时候眼里没有什么善意。我不是那种让每个人都快乐的女孩，我没有那样的心机。那个时候如果你看到我头戴发卡、身穿暗灰的羊毛大衣，你可能会以为我只是这个小说的配角，谨小慎微，脾气温和，迟钝乏味，无足轻重。从远处看，我温柔害羞，有时候我也的确希望自己是这样，然而我却时常涨红着脸，汗如雨下地咒骂着。那天，我用尽全力猛地踹向浴室门，差点把门踢坏。我看起来死气沉沉，不为所动，但其实我时常发怒，思维失控般高速运转，心智和杀手差不多。我躲在这张无聊的面具后面走来走去，十分省事。我以为自己骗过了所有人。我也很少看关于花卉和家政的书，喜欢的都是谋杀与死亡这一类病态的主题。有一次我借了一本《古埃及医学编年史》，这本图书馆最厚的书里记载了如何像扯一捆棉线一样，把一个死人的大脑从鼻孔中抻出来。我喜欢想象自己的大脑在头骨里缠绕着，能被解开、捋顺，让我重获理智和平静。这样的幻想让我欣慰。我总觉得自己的大脑里有古怪的差错，而要解决这个复杂的问题就只有切除脑白质，换一个新的大脑或是重获新生。

我对自己的分析总是容易走极端。除了书，我喜欢看《国家地理》。对我来说，收到每期邮递的杂志简直是种奢

侈，让我觉得自己很特别。文章中写到的部落原始人和他们
拙朴的信仰让我十分着迷——血祭、人祭、所有无谓的痛苦
和牺牲。你也许会说我阴暗、痴狂，但我认为我的本性并非
铁石心肠。如果生在别的家庭，我也许会长成一个正常人。

实话说，我并不介意被我父亲指使。没错，我生气，我
恨他，但愤怒给我的生活赋予了某种目的，给他跑腿也能打
发时间。那天晚上我从浴室走出来，尽量显得自己痛苦疲
惫。正当我系外套扣子时，我父亲抖着手递过来钱，我叹了
口气，一把把钱夺了过来。但其实我是松了口气，因为这样
我晚上就有地方打发时间了，省得我在阁楼上来回踱步，不
然就是看着我父亲喝酒。离开家我再乐意不过了。

假如我出门时忍不住用力摔门，头顶那排冰柱就一定会
断裂。我想象着一根冰柱坠入我锁骨的凹陷处直刺心脏，或
者——我热衷于想象这些事——假如我头向后微仰，冰柱也
许会插入我的喉咙，摩擦着飞入我体内的空洞，穿过内脏，
像一把玻璃匕首劈开我的下体。我当时是这样想象我的身体
构造的：大脑像缠绕的线团，身体像空洞的容器，私处是一
片陌生的领域。但我还是小心地关好房门，我并不想死。

在我父亲不能开车之后，他的车便由我来开。我很喜欢
这辆老道奇车——四门克罗纳特型号，刷着绿色亚光漆，到
处都是刮擦的痕迹和凹陷，底板经过多年盐冰的侵蚀已经生
锈。我往车的收纳盒里扔了一只死田鼠。一天我在门廊上发

现它冻成了一个硬球，便拎着尾巴把它捡起来，在空中抡了几个圈，丢到了收纳盒里，里面还有一个坏了的手电筒、一张新英格兰高速公路地图和几枚生锈的五分硬币。那个冬天，我时不时会看一眼那只田鼠，看它在冰冷的天气里以肉眼不可见的速度分解腐烂，不知为何这让我觉得自己很强大。那田鼠就像是一个图腾，能给我带来好运。

我伸出舌头试探外面的温度，直到舌尖在刺骨的寒风中变得生疼。那晚的温度一定降到了零下十几度，连吸口气都觉得痛。但我更喜欢严寒而非酷暑。夏天我总是很暴躁。我身上会起疹子，必须躺在冷水中；我会坐在办公桌前用纸扇拼命抽打自己的脸。我不喜欢在别人面前出汗，在我看来，出汗是肉体的欲望，肮脏而邪恶，所以我也不喜欢跳舞或者做其他运动。我不听披头士的音乐，也不看埃德·沙利文的电视节目。那时我对娱乐和潮流不感兴趣，宁愿探索远古和异域。所有当下的流行事物都让我觉得自己孤立无助，假如我对这些事物避而远之，便能相信一切尽在掌控之中。

那辆车只有一个毛病，就是总让我开车时觉得头晕恶心。我知道是排气出了问题，但没想过要修它。也许我心里觉得在严寒中摇下车窗是件很勇敢的事，所以乐意这样，但其实我是害怕挑剔会让我永远失去这辆车。它是我生命中唯一的希望，我出逃的唯一办法。

我父亲退休之前，总在休息日漫不经心地开着这辆车穿过镇子，停车时栖在马路牙子上，转弯时轮胎摩擦发出尖叫，擦过建筑外墙，蹭到送奶车，诸如此类。虽然那个时候人人酒驾，但这不是什么借口。我开车就很规矩，从不超速，不闯红灯。天黑以后，我喜欢很慢地开车，几乎不踩油门，看窗外的风景像电影般掠过。我想象中的别人家总是比我们家好——有打蜡的木质家具、典雅的壁炉，家里挂着圣诞袜，壁橱里有点心，仓库里有除草机。那时，我觉得每个人都过得比我好。离我家不远的那户人家尤其让我觉得卑微：门廊点着灯，放着白色的长椅，门前挂着冬青花环，门口的冰刀像倒放的溜冰鞋，用来刮靴底的积雪。一般人会觉得这个城镇古色古香，还算漂亮，然而只有新英格兰本地人才会懂得沿海城镇雪夜的那种怪异的寂静。这里太阳下山和其他地方不同，余晖不是消散，而是被拖拽着退向大海。

兰德门口的铃铛几乎每晚都为我响起，我永远忘不了那清脆的声响。"兰德酒肆"，我喜欢这家店。店里温暖整洁，我假装浏览商品，尽可能长时间地在货架间游荡。我当然知道金酒在哪里放着——如果面对收银台，大概离后墙几英尺远，就在中间货架的右侧，一共两排，上面是英人牌金酒，下面是西格拉姆金酒。在这里工作的路易斯先生脾气温和，总是很快乐，似乎他从没想过卖出去的酒是干什么用的。那天晚上，我拿了一瓶金酒，付过钱回到车上，把酒放在副驾驶座上。酒精从不冻结，真是奇怪，这是镇上唯一能抵抗寒冷的东西。我哆嗦着打着引擎，开车回家。夜幕降临，我记得我选了一条绕远的景观路。

我回到那栋房子的时候，父亲正在厨房的椅子上躺着。那天晚上没什么特别，故事只是从这里开始罢了。我把酒放在地上他能够到的地方，把纸袋攥成一团，扔在后门那堆垃圾上，然后走上阁楼，翻看杂志，上床睡觉。

说了这么多——我的名字叫艾琳·邓洛普，现在你认识我了。那年我二十四岁，在一所私立青少年援助机构做类似文秘的工作，周薪五十七美元。回想起来，那个地方说白了就是一所少年监狱，我管它叫莫海德。戴林·莫海德是许多年前我一个坏透了的房东。我想，用他的名字命名这个地方恰如其分。

一周之后，我将从家里逃走，永远不再回去。而这个故事会告诉你，我是怎样消失的。

星期五

　　星期五则意味着监狱里到处都是令人作呕的鱼腥味，从地下室的餐厅飘到男孩们睡觉的营房，穿过铺着毡毯的走廊，进入没有窗户的办公室。那天早上到莫海德的时候，我在停车场都可以闻到那刺鼻的气味。我习惯把包锁在车的后备厢里。办公室的休息区有锁柜，但我不信任这里的工作人员。刚开始在这里工作时我才二十一岁，单纯幼稚得要命，我父亲警告我说监狱里最危险的不是罪犯，而是在那里工作的人。事实证明的确如此，这也许是我父亲对我说过的最明智的话。

　　午餐我带了一个金枪鱼罐头，在锡纸里包了两片涂了黄油的沃登面包。我努力对我的同事们点头微笑，毕竟是黑色星期五，我可不想下地狱。她们俩都是惹人厌烦的中年妇女，头发抹了太多发胶硬邦邦的。只要狱长不在，她们就只顾低头看言情小说。两人的桌子角都放着一个假水晶糖碗，桌上扔满了太妃糖玻璃纸。她俩虽然讨人厌，但是在我积攒多年的黑名单上却未居榜首。说实话，和她们一起上白班其实没有那么糟。我做的是文案工作，因此不用和那些劳教官打交道。那四五个人都长着猪鼻子，可怕极了，专门负责修理莫海德里那些挑事的男孩。他们就像军队里的长官一样巡逻着，用棍棒敲打那些男孩的膝盖窝，动不动就用锁喉管制他们。有时候发生的事情让人毛发倒竖，我便把注意力转移到其他地方，大多数时间我都抬头盯着钟表。

早上八点我到岗时，值夜班的警卫正好下班。我不认识他们，但是记得他们脸上的疲惫。一个警卫走路时像个白痴一样蹦跳着，另一个是退伍老兵，秃头，手指被烟草熏成黄色，他们不是什么重要角色。然而有个值白班的警卫却只能用"美好"二字来形容。他长着铜铃般的眼睛，头发背梳着闪着光泽，轮廓刚毅又有几分温柔。我一厢情愿地觉得他身上有种忧郁气质。他叫兰迪。我喜欢从我的座位上观察他坐在办公室门口的走廊，穿着浆过的灰色制服和打过油的机靴，腰带的扣眼上挂着一大串钥匙。他总是斜坐着，一只脚踩在凳子上，胯部恰好正对着我，就好像特意呈现给我看一样。我自知不是他喜欢的类型，虽然我不愿承认，但我确实因此而痛苦。我猜他喜欢的女孩应该很漂亮，长腿，嘴唇微翘，也许还是金发，但我依然沉溺于对兰迪的幻想，连续几个小时盯着他，看他翻漫画时胳膊上凸起的肌肉。我现在还能想起他嘴里叼一根牙签的样子，迷人得像诗一样。有一次我问他冬天穿短袖冷不冷，说话时我紧张得要命，他耸了耸肩。我想，他真是静水流深啊。虽说是白日做梦，但我还是忍不住幻想兰迪往我阁楼的窗户上扔石子，摩托车在门前喷着尾气，热情简直要把整个镇子都烧成平地。我对幻想这种事没有任何自控力。

我很少喝咖啡，咖啡总是让我头晕目眩，但我还是走向办公室放咖啡的角落，因为那里的墙上挂着一面镜子。尽管我厌恶自己的长相，照镜子却能让我真正放松下来，也许这就是自恋狂的写照吧。直到现在，我都不愿承认长相曾给我带来多少消沉和痛苦。我揉了揉眼角，擦掉眼屎，倒了一杯奶油，加糖，然后从抽屉里拿出雀巢麦乳精加了进去。没有人对此做出评价，压根都没有人注意我。办公室的其他两个女人相互抱团，一样尖酸刻薄，一样无聊，我怀疑她俩是同性恋。以前人们总是这样怀疑，镇上的人时刻警惕着那些行为不轨有"同性恋倾向"的人。但我对她们的怀疑没有任何贬低之意。一想到她们晚上回到粗俗的丈夫身边，内心充满孤独和怨念，我反倒对她们多了几分同情。然而一想到她们袒胸露乳，两腿张开，手探进对方内衣，我却恶心得想吐。

我在公立图书馆的一本书里看到过很多名人的死亡面具：林肯的、贝多芬的、牛顿的。但凡你见过一具真正的尸体，你就会知道人死的时候不会有这么平静而空洞的微笑。然而这些石膏面具却成了我模仿的对象。我对着镜子努力练习放松面部肌肉，想要看起来同那些逝者一样面色柔和。我上班时就戴着这个面具，我的死亡面具。那时的我那样年轻，又极度敏感，但我决心不动声色。我把自己从莫海德的现实世界中隔离封闭起来，我必须这样做。痛苦与羞耻感包围着我，但我从未在厕所里哭泣过。

狱长的办公室和男孩们学习活动的地方同在一个区域。那天早上去办公室送信的时候，我路过的一个劳教官——叫马瓦尼、马鲁尼还是马奥尼来着，反正都差不多——面前跪着一个男孩。他揪着男孩的耳朵问道，"你觉得自己有什么了不起吗？看见地上的土了吗？你还不如这砖缝间的土。"他把男孩的头按到自己的靴子上，那铁头靴足以置人于死地："舔我的鞋。"我看到男孩张开了嘴。我转头看向别处。

监狱长的秘书是个面色铁青的胖女人，毫无生气，看起来连呼吸和心跳都没有。她的死亡面具令我敬佩。只有当她举起一根手指，伸出一厘米淡紫色的舌头润湿指尖的时候，你才知道她还活着。我机械地递给她一沓信封，她随手一翻然后转向别处。我又逗留了一两分钟，看着她桌子上方的日历假装在数日期，然后用尽可能欢快的口吻说："还有五天就是圣诞节了。"

"赞美主。"她回答。

我常常想起莫海德，它所信奉的国家亲权①荒唐可笑，细想却让我不寒而栗。莫海德里的男孩那么年轻，都还只是孩子。那时我认为他们不喜欢我，觉得我无聊，所以心生畏惧，把他们当作野蛮人打发，然而我对那些已经长大成人，又高又帅的男孩却没有任何抵抗力。

我回到自己的办公桌前。那是1964年，有许多改变即将发生。到处都在拆建，值得关心的事有很多，但我大部分时间都在自顾自怜，摆弄笔筒里的笔，数着日历度日。钟表上的分针颤抖着，猛地向前摆动，就像是有人受了惊，绝望地跃下悬崖，却被卡在了半空中。我的思绪飘得很远，大多数时候都飘到了兰迪那里。周五发工资时，我把支票叠好，塞到自己的胸前——几乎算不上是胸，只是两小块硬的凸起，藏在层层叠叠的棉质胸衣、衬衫和羊毛大衣下面。我还像青春期的少女一样担心人们会透视我的衣服。我估计没有人会愿意幻想我的胴体，但当人们的视线下移，我却觉得他们是在审视我紧紧夹住的两腿之间，害怕他们会洞察那荒谬而复杂的构造，那些洞穴和褶皱。不必说，我还是个处女。

---

① 国家亲权指当未成年人的父母没有适当履行其义务时，国家替代父母行使亲权来制约和维护孩子的行为。——译者注

　　我想我在性方面的保守给我省去了我姐姐经历的麻烦。她比我大两岁，早已破处，在不远的镇上和一个并非她丈夫的男人同居。"婊子"是我母亲给她的称号。我觉得卓妮是个好人，但她天真轻快的外表下本性贪婪而黑暗。她有一次告诉我她的男朋友克里夫喜欢在她早上醒来的时候"尝她那里"。看到我一脸费解，她一阵狂笑。我脸涨得通红，随即又变得冰冷。她窃笑着说："是不是很好玩儿？"我当然忌妒她，但从不表现出来，我不想变成她的样子。不论是男人还是男孩，与他们结合在我看来错误且荒谬，甚至是种亵渎。我最想要的是一段不用说话的恋爱，但即使这样我也觉得害怕。我暗恋兰迪，当然也暗恋过其他几个人，但都无疾而终。唉，我可怜的下体，就像穿着尿布的婴儿，裹在厚厚的棉内裤和我母亲的老式紧身裤中。我涂口红不是为了时尚，而是因为不涂口红的话我嘴唇的颜色和乳头一样。二十四岁的我对想象自己的裸体唯恐避之不及，然而其他年轻女孩看起来却正相反。

　　那天监狱里有个送别会，弗莱医生要退休了。他是监狱的精神病医生，数十年来负责给男孩们配发镇静剂。他当时至少有八十岁了。我现在也很老了，但年轻的时候我根本不关心老人，觉得他们的存在对我是种威胁，因此压根不在乎弗莱医生的离职。卡片传到我桌上时，我耸着手腕用标准的学生花体字讽刺地写道：别了。我记得卡片正面是黑色的钢笔画，夕阳中是一个牛仔骑着马的背影——太酷了。在莫海德的时候，弗莱医生偶尔会来监督家属来访，接待访问正是我的工作职责。我看着他站在接待室的门口，嗯嗯啊啊地点着头，嚼着口香糖，时不时用长长的手指颤颤巍巍地命令一个男孩坐直、回答问题、道歉，诸如此类。

然而他却从未和我打过招呼，从未问候我说"你好，邓洛普小姐"，我对他来说就像隐形人，和家具差不多。午餐过后，我把那瓶原封未动的金枪鱼罐头放回锁柜里。工作人员都在餐厅吃蛋糕喝咖啡，和弗莱医生告别。我不愿参加，坐在办公室里瞪着钟表发呆。过了一阵，我下面有个地方很痒，既然周围没人，我便伸手到裙子里挠痒。内裤裹得太紧够不到，于是我把手伸进紧身裤，伸到内裤里面。之后，我掏出手，放在鼻子下闻了闻，纯粹是好奇的天性使然。那天快下班时，我向走出门的弗莱医生张开没有洗的手指，祝他退休愉快。

我在莫海德工作的时候，虽然算不上是与世隔绝，但确是与世隔离。我很少出远门，所在的镇子——姑且称之为 X 镇——是我长大的地方。X 镇没有贫民区，但工人和穷人都聚居在沿海的地方。我只开车从那里经过几次，破败的宅院里扔着孩子的玩具和垃圾。这些人走在大街上，一脸无助，表情愤怒而麻木。看到他们的窘境，我心里又高兴又害怕，同时也惭愧自己的生活并非如此艰难。相比之下，我居住的街区井然有序，道路两旁种满了树，房屋经过精心打理，透着主人的骄傲和公民素养。而在这里，我又为自己的邋遢和颓废而惭愧。那时我不知道还有人和我一样，所谓的"与世界格格不入"。就像所有孤僻而聪慧的年轻人，我以为只有我才觉得活在这个陌生的地球上是件无比荒诞的事。我看过几集《迷离时空》，里面刻画的正是我在 X 镇经历的那种面无表情的绝望。我很孤独。

波士顿的红砖绿藤让我看到了希望。在那里，聪慧的年轻人如愿生活，自由近在咫尺。我只去过一次波士顿，母亲快去世时我陪她去看医生，那医生治不好她的病，便给她开了一些药，说是能让她舒服一点。那次短途旅行让我目眩神摇。没错，我已经二十四岁了，是个成年人，应该想开车去哪里都可以。在 X 镇的最后一个夏天，我父亲几次长醉不醒之后，我独自开车沿海岸南下。在离家还有一小时的地方，汽车没油了，抛锚在一条乡间小道上。一个年长的妇人停下车，给了我一美元，把我送到加油站，告诉我"下次早做准备"。我记得她开车时的样子，双下巴像公鸡的肉垂一样。她是个乡下妇人，我很尊敬她。从那时开始，我就一直幻想着消失。我把自己所有的问题都归结在 X 镇，而问题的解决办法在纽约市。

说起来真是俗套，在收音机上听了《你好，多莉!》音乐剧以后，我觉得自己完全可以只身前往曼哈顿，只要身上的钱够付公寓里一间房的租金，未来无须多虑就会在眼前自动展开。虽说只是个白日梦，但我全心全意想要实现它。我开始存钱，把现金藏在阁楼上。每个月初 X 镇的警察署都会送来我父亲的退休金支票，由我负责去 X 镇的银行兑现。银行的出纳员以为我是我母亲，称呼我"邓洛普夫人"。假如我谎称要买新车急用钱的话，他应该会毫不怀疑地清空邓洛普的储蓄账户，给我一沓百元现金。

我从未对任何人提起我想离开 X 镇。有几次我情绪跌入谷底，一时冲动想直接开车从桥上冲下去，还有一天早上想用车门狠狠夹自己的手。那时我会想象自己躺在弗莱医生的沙发上，像个落魄的英雄一样坦白自己不堪生活的重负——那会是怎样一种解脱呢？当然生活是可以忍受的，毕竟我一直以来都在忍受，但是无论如何，那个年轻的艾琳绝不会在除了她父亲以外的其他男人在场时躺下，那会不可避免地凸显她的胸部。虽然那个时候我又瘦又小，但我却觉得自己很胖，走路时胸部和大腿难以控制地摆动，身体的部位硕大而恶心，我就是这么难以理喻。胡思乱想给我带来太多痛苦和混乱，我现在对此一笑而过，但在那时却忍受着巨大的折磨。

当然监狱办公室里没有人在乎我和我的痛苦，也没有人对我的胸部感兴趣。我母亲去世以后，我去莫海德上班，史蒂芬夫人和莫雷夫人都离我远远的，没有安慰，甚至连同情的表情都没有，她们是我见过的最没有母性的人，监狱的工作对她们来说正合适。不过她们也没有那么严厉苛刻，她们就是很懒，粗俗又邋遢。我以为她们和我一样觉得监狱无聊，但是她们忙着吃糖、读一元店买的小说、吃甜甜圈、舔手指、打嗝、叹气、哼哼唧唧。我到现在还记得脑海中想象出的她们做爱的画面。这样的想象让我略感满足，也许是因为与其相比让我有些优越感吧。她们接电话时会故意用手捏住鼻子发出刺耳的声音，给自己找乐子。也许是我记错了，但不管怎么说，她们没有任何风度可言。

"艾琳，把那个新来男孩的档案递给我，那个小鬼，叫什么来着？"莫雷夫人说。

"那个长痂的？"史蒂芬夫人嘬着嘴里的太妃糖，说话时唾沫四溅。"陶德·布朗，呵，一个比一个长得丑，脑袋笨。"

"小心，别乱说话，诺丽思，艾琳说不定哪天嫁给他们当中的某一个呢。"

"真的吗，艾琳？这么着急结婚？"

史蒂芬夫人总是吹嘘她的女儿，我的高中同学：高个子，薄嘴唇，嫁给了一个高中橄榄球教练，现在搬到了巴尔的摩。

"总有一天你会老成我们这样。"她说。

"你毛衣穿反了，艾琳。"史蒂芬夫人说。我拎起领子检查。"也许没反。你胸这么平，我都不知道哪面是正哪面是反。"她们就这样喋喋不休地开我玩笑，没完没了。

我想我也没好到哪儿去，总是阴沉冷漠、无动于衷，不然就是因为紧张而活泼得过了头，显得突兀且咄咄逼人。"哈哈，前胸和后背差不多，我就长得这么平。"我一直学不会和人打交道，不知道如何为自己辩解，甚至分不清什么时候别人在捉弄我。我从小就很沉默，因为常吃手指导致门牙外翻，还好翻得不严重，但我仍然觉得自己的嘴像马嘴一样丑，所以我很少笑。笑的时候，我拼命绷紧自己的上嘴唇，动用了惊人的自觉和克制。你都想不到我用了多少时间和力气来调教我的上嘴唇。我觉得自己的嘴是私密的地方，让别人看到我嘴里湿润的洞穴和褶皱与看到我分开的双腿差不多。那个时候人们很少嚼口香糖，觉得幼稚，所以我在锁柜里放了一瓶李施德林，经常漱口。有时候为了避免在去洗手间的路上开口说话，我会直接把漱口水咽下去。我不愿人们觉得我口臭，发现我的身体在进行生物降解，呼吸本身已经够让我难堪的了。我就是这样一个女孩。

除了漱口水，我柜子里还放了一瓶甜苦艾酒和一袋薄荷巧克力。巧克力是我定期从 X 镇的杂货店里偷来的。我很擅长在店里行窃，快速拿起东西藏在袖子里，动作娴熟。许多次收银员和店主看到我穿着宽大的外套在糖果区闲逛肯定都觉得奇怪，但我的死亡面具藏起了我的狂喜和恐惧，帮我躲过了很多麻烦。监狱探访开始之前，我会喝一大口苦艾酒，吞下一把薄荷巧克力。即便我做这份工作已经许多年，那些痛苦不堪的母亲仍让我觉得紧张。我的工作无聊得要命——指引来访者在登记簿上签字，安排她们坐在发霉的橙色塑料椅上，在走廊里等候。莫海德有一条荒唐的规定：一次只允许一名来访者探访，也许是因为工作人员和设施有限吧。总之在这规定下，母亲们连续几个小时坐着等待、哭泣、跺脚、抱怨、擤鼻涕，那气氛简直是无休止的折磨。为了排遣压抑的情绪，我制作了一些毫无用处的调查问卷，把油印表格固定在夹板上发放给那些最烦躁的人。我想，填写表格能给这些女人一种幻觉，让她们觉得自己的生活和意见是值得倾听和尊重的。我提的问题有"你的车多久加一次油""你十年以后是什么样的""你喜欢看电视吗，什么节目"。她们虽然表现出一副不情愿的样子，但通常都很乐意完成这项任务。如果她们问我问卷的目的是什么，我就说这是政府布置下来的，不愿透露姓名的话可以选择匿名。但没有人匿名。她们全部认真写下自己的名字，笔迹比登记簿上的还要工整。"每周五""我会幸福健康，我的孩子会很成功""杰瑞·刘易斯①"。看到她们的答案那么真诚，我的心绞成了一团。

---

① 杰瑞·刘易斯（Jerry Lewis），美国著名喜剧演员。——译者注

我负责管理所有犯人的报告和口供，文件塞了满满一柜子。这些犯人会在莫海德一直待到刑期结束或者年满十八岁。我在监狱里见到的最年轻的男孩是九岁半。监狱长喜欢威胁年长的男孩，尤其是那些喜欢闹事的，说要提前把他们转到男子监狱。那些男孩或高或胖，或者又高又胖。"你以为这也算吃苦，年轻人？"他说，"在州立监狱待一天能让你流几个星期的血。"但至少就我所见，男孩们犯的错都不过是关几天禁闭，或者关起来一顿打就完事了。

说实话那些男孩看起来都是好人。任何人换在他们的处境下都会满腹牢骚、脾气暴躁。除非得到允许，他们不能打手势、听音乐，不能唱歌跳舞、大声说话，也不能躺着——大多数孩子们做的事情他们都不能做。我从未和那些男孩讲过话，但我对他们知根知底。我喜欢读他们的档案，罪状描述、警方报告、口供等等，我记得有一个男孩曾经用笔捅了一个出租车司机的耳朵。他们大多都不是 X 镇本地人，这些麻省最出色的年轻扒手、混混、绑匪、纵火犯、强奸犯、杀人犯从各地云集在莫海德。很多男孩都是离家出走或是父母双亡，他们强硬剽悍，走路大摇大摆，沉着自信。也有一些是普通家庭背景，敏感温顺，走起路来像懦夫。我更喜欢那些强硬的男孩，他们更吸引我，犯下的罪行也更为常见。反倒是那些有家庭的男孩往往会做出最变态扭曲的事情：勒死襁褓中的妹妹，放火烧死邻居的狗，给牧师下毒，简直让人大开眼界。但是几个月过后，我习惯了这份工作，便失去了兴趣，一切都变得无聊。

这周五下午我记得很清楚，因为有一个年轻的姑娘来探访她的施害者。我猜是强奸她的人，因为她很漂亮，有种扭曲的光彩。那个时候我觉得所有漂亮性感的女人都是堕落的尤物，轻浮放荡。当然监狱不准许这种探访，只有家人才可以探监，准确地说，是"亲属"。我向她解释之后，她仍坚持要见那个男孩。刚开始她很冷静，说话像是经过排练一样。我戴着死亡面具问她是否将成为男孩的直系亲属，"你是说你们要订婚了吗？"我简直不敢相信自己的胆量。听到我的问题之后她崩溃了，转向那些正在填写调查问卷的泪眼婆娑的母亲，对她们骂骂咧咧，把登记簿扔到了地上。我不知道为什么自己对她那么冷漠。也许是因为忌妒，毕竟从没有人试图要强奸我。我一直以为自己的第一次会是被强迫的，那个时候我懦弱胆小，只能当个受害者。当然我希望是被一个最深情、温柔、英俊的男人强迫，一个暗恋我的人，首选兰迪。女孩离开之后，我一得闲便立即抽出那个强奸犯的档案，照片上是个黑人男孩，长着青春痘，睡眼惺忪，前科不算太糟：偷邻居晾衣绳上的衣服、吸大麻、砸坏别人的车。

探访时间里，我的另一项工作是把男孩的名字一个个地报给警卫。我记得最清楚的两个警卫一个当然是兰迪，另一个是詹姆斯。我估计詹姆斯一定是有头部创伤之类的神经损伤。他总是焦躁不安，一直流汗，只要有人在身边就浑身不自在。对他来说，和男孩们打交道，甚至和那些哭哭啼啼的母亲同处一室都异常艰难。他独自待着的时候一动不动，就像一张满弦的弹弓一样让人害怕。轮到他在走廊值班时，他就那样一连几个小时僵坐着，似乎马上就会爆炸。现在看来这工作完全是浪费人力，因为走廊尽头又有一个警卫坐在"宿舍"门口——随便叫什么无所谓，反正这里是男孩们睡觉、休息、踱步、读《圣经》的地方。

还有一件荒唐的事我才想起来，对女性访客进行安检也是我的工作职责。也许是因为没有女性工作人员和警卫，便由我负责安抚这些母亲，有一搭没一搭地拍着她们的肩膀和后背。安慰这些悲伤的母亲是我一天当中与他人最亲密的时刻。兰迪也在场，通常在接待室门口站岗。有时候安抚那些妇人的时候我会想象自己在触摸的是兰迪，然而兰迪和那些女人一样，似乎都没有注意到我，我不过是一双在空气里挥动的手罢了。这些悲伤的女人十分消极，构不成任何暴力威胁。我从未见有人在裙子里藏刀带枪或是在小药瓶里装毒药，警卫似乎也毫不在意。很少有男人来访，我想是因为他们的工作时间，但我觉得许多监狱的男孩都没有父亲，也许这也是原因之一吧。这里到处都很阴沉。

接访工作唯一的亮点是能有机会接近兰迪。我记得他身上特殊的汗味，强烈但不刺鼻，是一种善良的味道。我敢说从前的人们要好闻多了。这些年来我的视力不断下降，但嗅觉依然灵敏。现在，如果我旁边的气味太难闻，我便需要起身走开甚至离开房间。我说的不是汗水和泥土的味道，而是那些涂脂抹粉的人身上呛人的人工香料味道。这些气味逼人的人并不可信，他们就像捕食者，像狗一样在彼此的粪便里打滚，令人不安。尽管我总是过于在意自己的气味，担心自己有汗臭和口臭，我却从不擦香水，而且惯用无味的香皂和乳液。用香水掩盖气味反而欲盖弥彰。我和父亲住在家里时，默认是我负责洗衣服，但我痛恨这个差使。我难以忍受他脏衣服上的气味，每次闻到都会咳嗽干呕。那是一种类似酸牛奶的味道，有点甜味，还掺杂着强烈的金酒味。即使我现在想起来都会胃里一阵翻滚。而兰迪却完全不一样，他闻起来像海洋一样清新、有力、善良。他很有魅力，散发着诚实的味道。

史蒂芬夫人告诉我说这些警卫都是劳教部门的人力办公室雇佣的，我估计他们都是有前科的人。他们都有文身，连詹姆斯都有，我记得是一个卐。兰迪的文身是一个模糊的女人画像，我暗自希望那是他母亲。我初到莫海德的时候，一天早上办公室的人们正在布置复活节的耶稣画像，我翻阅了兰迪的入职文件，里面记载他的前科是性侵和擅闯私宅，之前正是被关押在莫海德。知道这些却让我对他更为亲近了。

　　你可以想象我花了多少时间猜测谁是兰迪的性侵对象。我估计是问题少女一类，晚归早孕和父母起争执的那种。在我看来兰迪不是暴力的人，但我有时候会看见他用武力控制那些男孩，我想他在拳击赛中一定很疯狂。我最喜欢的白日梦是这样的：兰迪等着我下班，护送我走到停车场。正当我准备踏上一块冰的时候，他伸出胳膊想要扶我，却被我一口回绝，他觉得难堪极了。后来我不小心在冰上踩滑，于是不得不抛弃我的矜持，戴着手套扶住他强壮的胳膊。他深情地望着我的眼睛，然后我们会接吻，他会抓住我的肩膀把我猛推到车边，把我的脸按在结霜的车窗上。之后，他进入我的身体，一言不发，只有呼吸灼热我的耳朵。在幻想中，我并没有穿我母亲的棉质紧身裤。

　　这不是一个爱情故事，但在介绍故事的真正主角前，我想再最后说说兰迪。爱情就像跳蚤，从一个人跳到另一个人身上，多么有趣。丽贝卡将在几天后出现，而在那之前，我还一直想着兰迪。我到现在还记得隔壁镇上他的地址，因为我周末总是开车去他的公寓，躲在车里等着看他是否在家，是否一个人，是否醒着。我想知道他在做什么，在想什么，是否曾经想起过我。有几次我走在 X 镇的主干道上，毫无防备地遇见了他。当我举起戴着手套的手准备开口说话时，他却漫不经心地从我身边走了过去。我的心如坠深渊。我对自己说，总有一天他会看见我——真正的我，然后他会爱上我。在那之前，我只有闷闷不乐地渴念着他，想尽办法分析他所有的习惯、行为、表情，就好像对他了如指掌能助我一臂之力赢得他的爱似的。他什么都不用说，为了让他快乐我愿意做任何事。我不傻，我知道兰迪在和其他女孩上床，但我无法想象他"性交"时的样子——那时我脑海中用的正是这个词。我那么仰慕他，他向我这边瞥一眼就能让我的心狂跳好几个小时。但是关于兰迪我已经说得够多了，是时候说再见了。再见，兰迪。

我周五的打扮是这样的：劣质的假鳄鱼皮平底鞋，粗鞋跟严重磨损，金色的搭扣也已掉漆；过细的腿上穿着白色的长筒袜，看起来像木质的洋娃娃；黄色的卷羊毛裙子长得超过膝盖；灰色羊毛大衣带着垫肩，里面是白色的棉质衬衫。我戴了一枚黄铜十字架，头发已经几天没梳，没戴耳环，涂的口红名字叫作"一红到底"。我以为自己穿着庄重得体，其实滑稽可笑。如此老气的打扮让我看起来就像马上要六十五岁的十九岁少女。在我这个年龄，其他女孩都已经结婚生子安定下来。说我不想要这些是假话，我没有那么心宽。事实是我根本够不到这些东西。我看起来就是个纯粹的宅女，幼稚呆板。如果你问我的话，我会说我相信只有相爱的人才能做爱，只做爱而不爱人的女人都是娼妇。

回想起来，我对兰迪的单恋其实没有那么荒诞，我和他不是完全没有可能。他有工作，身体健康，也许也愿意约我出去，毕竟我是个近在身边的年轻女孩。除了我自己胡思乱想，我的长相其实没有什么可指摘的地方。我最多是性格不好，但那个时候似乎没有男人在意这个。我想兰迪身边一定有其他女孩。即使我如愿以偿得到了兰迪我也不知道接下来该怎么做。三十岁的时候我已经学会放松，对着镜子抛媚眼，对无数的恋人投怀送抱。如果二十四岁的我看到我的性格如此剧变，说不定会突发惊厥吧。

离开 X 镇之后，我变得丰满了些，穿衣也更得体。如果你看到我从百老汇第十四大街走过，你也许会以为我是个研究生，或是某个著名艺术家的个人助理，正准备去画廊拿支票。我想说的是，我并不是天生毫无魅力。但在那个时候，在 X 镇，在莫海德，我几乎直不起身子，总是向前佝偻着肩膀，耷拉着头。我倒不是有多害羞，更多的是羞耻。

那天下午，来访的母亲们来了又走。我把一沓调查问卷丢到垃圾桶，里面一堆太妃糖纸像虫子的死尸一样闪闪发光。"你相信火星上有生命吗？""你喜欢豌豆还是胡萝卜？""你最看重政府官员身上的哪些品质？"每天我都会收拾一堆粘着口红的鼻涕纸，像一大坨粉色的康乃馨。"你会说外语吗？""你抽烟吗？"警报声突然响起，不知道哪个男孩又犯了什么事，将遭受严厉的惩罚。詹姆斯从凳子上站起身，机械般地走到走廊，绞着双手。我把脏纸巾团成一团，扔到垃圾桶里的调查问卷和糖纸上面。

"倒垃圾去，艾琳。"史蒂芬夫人弯下腰从抽屉里拿出一盒糖，从她的腋窝处看着我说。

"即使火星上有生命，现在也死绝了。"一个母亲写道。

"应该是个肩膀宽有胡子的男人。"

"一周六包，有时候更多。"

周五下班之前，史蒂芬夫人让我装饰圣诞树。门卫把那棵树拖到监狱等候室，访问时间结束了，里面空无一人。我还记得那棵树无比繁茂，针叶粗壮油亮，空气中充满了松枝的香气。储物间里堆着节假日的装饰用品：卡片剪出来的复活节兔子和金蛋、独立日国旗、劳动节和阵亡将士纪念日的横幅、感恩节的火鸡和南瓜。有一次万圣节，我们用大蒜做成花环挂在办公室门口。恐怖的是，午餐会后监狱长还背诵了一段《申命记》中的神之憎恶，荒谬极了。

装饰用品还是去年我留下的样子，乱七八糟地堆在破烂的纸箱里。金属球上粘的亮片和金粉在一点点脱落，每年塞回旧报纸里都会少几个，但是它们却像魔法一样让我充满渴望。节假日我总是很难过，每年圣诞节，自我怜悯的情绪都随之而来。我哀叹生活缺少爱与温暖，向星星祈祷能有天使救我于苦难之中，给我带来新生活，就像电影里演的那样，我就是所谓的圣诞精神的克星。

长大以后，我学着相信苦难和坚韧的意志会得到嘉奖和回报，但每年上帝都给我重重一击——没有礼物，没有奇迹，没有圣诞夜，连我都可怜自己。我面无表情地拿出那些装饰物。冬青花环是用塑料亮片做成的，散发着消毒水的刺鼻味道，但我还是很喜欢。箱子底部是锡纸和旧的纸片雪花，很早以前男孩们用手工纸剪成的，估计有的都已经二十多年了。这些纸片雪花的几何图案十分突兀，像是浓缩了愤怒的微暴力，但是角落里的名字却都字迹工整，用银色的细铅笔仔细地写好。我记得的名字有切尼·莫里斯，十七岁，罗杰·琼斯，十四岁。我本来想把它们粘到接待室的漆墙上，但一星期前我的外套开线了，修补时用光了所有的胶带，于是我把雪花都塞到了树枝深处，看起来就像真的雪一样。我喜欢装饰圣诞树这种不用动脑的工作，让我很容易沉浸其中。我觉得有些伤感。我想把剩下的装饰物挂在树顶的三分之一处，但必须要把胳膊伸过头顶才能够到，而要那样做，所有人就都会看到我腋窝处发黑的汗渍，那真是丢人现眼。

"你能拿个梯子过来吗?"詹姆斯回到岗位后我问他。

我记得他发胶的味道，闻起来像羊毛脂一样难闻。他小心翼翼地把梯子放在树旁边，我向上爬时他扶着梯子，手明显颤抖着，汗水像露珠一样挂在他微秃的前额。

"别看。"我说，尽管我知道他压根没胆子偷看我的裙底。他点点头。很少有场合让我觉得自己这么重要，因此我格外享受这一片刻。

我装饰完圣诞树，把空盒子放回储物隔间以后，史蒂芬夫人从文件堆上抬起头来。我很骄傲圣诞树看起来这么漂亮，但她似乎什么都没注意到。她鼻子上沾着糖粉，针织衫上染着山莓果冻，毫无风度，也丝毫不在乎别人的目光。史蒂芬夫人在莫海德当办公室经理已经几十年了。

"艾琳，"她叫我，声音单调且恶毒，"你周一负责把圣诞集会的灯挂起来。我弄不了这些，我不乐意。"

"好吧。"我说。

我希望有一天能永远离开这里，再也不用看见或是想起这个女人。我拼命挤出所有厌恶，用尽全力讨厌她。公开诅咒谩骂显然很不明智，但是我在心里对她说了许多恶毒的话。史蒂芬夫人录用我是因为我爸的人情，而让我极为难堪的是，有一次我不小心管她叫了一声"妈"。史蒂芬夫人翻了个白眼，咧开嘴露出发亮的牙床和嘴角的唾沫，太妃糖黏在后槽牙上发出响声。她讽刺地笑道："当然亲爱的，你乐意叫什么都可以。"我尴尬地笑了笑，清了清喉咙，纠正道："史蒂芬夫人。"我怀疑她是否值得我如此讨厌她，但那时的我厌恶所有人。我记得那天晚上开车回家时，我想象着在她灰色羊毛衫和佩斯利图案的丝巾下面，她的裸体是什么样子——脂肪从骨骼上垂下来，就像肉店钩子上吊着的猪肉扇一样厚重、油腻，橘色的脂肪泛着光泽，刀切过时，肉体坚硬冰冷，毫无血色。

我到现在还能回想起来从莫海德到 X 镇的二十分钟车程。成片被雪覆盖的牧场、幽暗的森林、狭窄的土路；房屋开始稀疏地分布在田野上，然后慢慢变小，变紧凑，周围圈着尖头篱笆，立着黑色的铁桶邮箱；之后进入城镇，在山顶可以看到大海在地平线远处泛着光；再往后就到家了。生活在 X 镇其实十分安逸，你能看到一个老人在遛一只金色巡回犬，一个女人从车里卸下日用杂货，这个地方真的没什么不好。如果你是个游客，你会觉得这里一切都还不错。就算我的车漏着废气，冬天耳朵冻得生疼也还算美好。我痛恨这里，但也热爱这里。从我家往上一个街区是一个小学，每天早上和下午在交叉路口都有一个交通协管指挥小学生过马路。附近住户的篱笆上总是挂着人们遗失的手套和围巾（冬天就干脆放在高处的积雪上面），像是失物招领处。那天晚上，在我家门前车道旁边的雪地上放着一顶男式毛线帽。我把它拿到路灯下看了看，然后试着戴上，正好紧紧贴合我的耳朵。我想说点什么——"兰迪"，我的声音颤抖着在体内回响，脑袋里静谧得有点怪异。一辆车安静地从雪泥里驶过。

我正沿路走回家时，对街的车打开车门，一个身穿制服的警察穿过泥泞的冰碴向我走来。夜空中一丝风都没有，静谧得有些蹊跷，似乎正在酝酿着暴风雪。家里亮起了一盏灯，于是警察在路中间停住了脚步。

"邓洛普小姐。"他说,挥手示意我走近一点。这种事情发生不止一两次了,大多数 X 镇的警察我都认识,我父亲可谓是不遗余力地招他们来访。那天晚上,拉菲警官告诉我,他们接到学校的电话,抱怨我父亲站在家门口向小孩扔雪球。他递给我一封警告信,点了点头,然后走回车去。

"你可以进来,"我说,回声在我耳朵里嗡嗡作响,"和他谈一谈?"我把信递出去。

"不早了。"他说着钻进车里打开收音机。

我不在家的时候,前门挂着的冰柱一定又长了几英尺,因为我记得曾踮起脚来摸了摸冰柱,失望它的尖端并不锋利。如果我愿意,我可以抡起包来打断所有的冰柱,但我只是轻轻地关上门,踢掉鞋子。

这里就是我家——门廊的壁纸是墨绿色的,带着蓝色的条纹;天花板装饰着金色的木条;楼梯上没铺地毯,因为去年夏天吸尘器坏了,我把所有地毯都撤掉了。房间里光线太暗看不清楚,其实所有的东西都蒙着一层灰。门廊和前厅的灯都坏了。每隔一段时间,我会清理我父亲乱扔的报纸、酒瓶、啤酒罐。他总是坐在楼梯的顶层读《华盛顿邮报》,让报纸一页一页地顺着栏杆滑到门廊。那天晚上我进门时他正站在水池边,我抓了几张报纸,团成纸球扔在他背上。

"你好啊,爸爸。"我说。

"自作聪明的东西。"他说,转过身来把报纸团踢到远处。在我认识他的二十四年间，我从没听过他和我打招呼或是问候我。有几次晚上，我看起来累得要命，于是他问我："你的男朋友们怎么样？那些男孩呢？"我从不在餐桌旁久坐，最多吃完花生听他发几句牢骚，我父亲和我总是在吃花生。我在炉子边烤手，我记得我戴了一双黑色的薄手套，手指处绣着绿色的花纹。那时我极端地否认自己，从未给自己买过像样的手套保暖，但是我喜欢那双带花的黑色手套。那时的礼仪还讲究女人要戴手套，对此我并不介意，我的手皮肤薄而敏感，总是冷得像冰，而且我也不喜欢接触东西。

"又抓什么新人进来了？"父亲那天晚上问我。"波克他儿子怎么样？"波克是 X 镇的警官，被他自己儿子杀了，成了镇上的一大新闻。我父亲认识他，他们曾经在警队共事。

"天天祈祷忏悔。"我说。

"也算好事。"我父亲边说边在浴袍上擦着手。

炉子旁边的柜子上放了一摞信件。新一期的《国家地理》杂志乏善可陈。几年前我在一家旧书店找到了那期杂志——1964 年 12 月刊，现在这本杂志和我的其他书稿放在一起。我估计即使过了五十年这东西应该也不值钱，但是对我来说它是我人生发生翻天覆地的变化之前的一个缩影，因此近乎神圣。那期杂志本身没什么特殊的地方。封面上两只像是鸽子的白色丑鸟站在铸铁篱笆上，一个虚焦的十字架悬在上方，杂志里介绍了华盛顿、墨西哥和中东的景点。那天晚上，杂志还是崭新的，还散发着油墨和胶水的味道。我大致翻了翻，看到一张照片里是粉色的太阳和棕榈树，于是失望地把杂志扔到餐桌上。相比之下，我更愿意看介绍印度、白俄罗斯和巴西贫民窟的文章。

我把拉菲警官的信递给父亲，坐下来吃了几颗花生。他把信在面前挥了挥扔到了垃圾桶里。"演戏而已。"他解释。他的幻觉真是不可思议，在他的阴谋论里每个人都有角色，每件事情都与现实相去甚远。他总是出现幻觉，看见黑色的人影，他称其为"阿飞"，因为它们移动飞速，只能看到影子。阿飞们会蹲在门廊和暗处、躲在灌木丛中、藏在树上奚落他。他解释说，白天往外扔雪球是为了警告它们，自己知道它们的鬼把戏，而警察的信是用来帮他假装他是个老疯子，这样阿飞们不会起疑。

"咱们家里也有阿飞，"他说，手一挥指向整个屋子，"估计是从地下室跑上来的，走来走去好像这是它们家一样。我能听见它们的声音，估计就住在墙里，像老鼠一样。说真的，这些黑色的幽灵听起来和老鼠一模一样。"他总是幻觉缠身，不分白天黑夜。酒精是他唯一的救赎。他坐在餐桌旁边说："流氓恶棍派它们来对付我。"——真是陈词滥调——"不然你以为警察干吗过来？他们是来保护我、给我撑腰的。难道我给这个镇子出的力是白费的？"

"你喝多了。"我面无表情地说。

“我多少年都没喝醉过了，艾琳，这个——”他举起啤酒，“是为了舒缓神经。”

我给自己开了一瓶啤酒，吃了几颗花生。他哈哈笑着。我抬起头来问，“什么事情这么好笑?”他就是这样，刚才还一脸惊恐，下一秒钟就尖酸刻薄。

“你的脸。”他回答，“你没什么好担心的，艾琳。长成这样没人会找你麻烦。”

我真是受够了，让他去死吧。我记得那天晚上我站在客厅那面昏暗的镜子前，我看起来是个成年人，他凭什么这样凌辱我。那天晚上卓妮过来待了一会儿，穿着白色的假毛皮大衣和超短裙，蹬着雪地靴，眼线浓重，头发经过精心打理，看起来蓬松闪亮。那个时候她就是个爱耍脾气的金发女孩，心中从不挂事。我估计现在她的脾气应该变得更糟了，她原来就喜欢噘嘴，更何况现在呢。但我还是希望她现在健康幸福，和爱她的人在一起。但愿如此吧。她是个特别的女孩，走路时身体像毛皮大衣一样轻盈飘逸，我看不懂她。我想她应该算是迷人，但是她很刻薄，总是一脸无邪地问我“妈妈都死了，你不觉得穿她的毛衣很奇怪吗”之类的问题。她有时候也像个姐姐，问我“你脸上怎么这种表情？你又怎么了?”

那天晚上我只是摇了摇头，做了一个三明治——面包黄油夹火腿。卓妮“啪”的一声合上粉饼，从后面戳了戳我的肋骨，"一堆骨头，"然后一把夺过盘子上的三明治，"回头见。"她说着吻了吻坐在椅子上的父亲。我之后再也没有见过她。

我拿着杂志走回阁楼，躺在折叠床上。我问自己：如果我姐姐死了我会不会想念她？我们一起长大，但我几乎不了解她，她也绝对不了解我。我从罐子里拿出巧克力，嚼了嚼，然后吐在皱巴巴的包装纸上，把杂志翻到下一页。

星期六

到周六中午，过膝的积雪上又落了足足六英尺的新雪。这样的早上总是很安静。新雪削弱了所有噪声，世界如在真空中般噤了声，甚至连严寒都有所收敛。此时万籁俱寂，各户人家中的炉子还未噼啪作响，木头还未燃烧冒烟，屋顶覆盖的冰雪也还未像蜡烛一样融化滴水。阁楼上我的房间冷如冰窖，但起床却又无所事事，探索世界从被子里伸出一只胳膊就够了。我躺在床上，连续好几个小时胡思乱想着。我准备了一个梅森玻璃罐，专门用来应付这种天气，遇到我父亲脾气发作，我只能躲在阁楼上的时候也正好派上用场。我穿着母亲的长睡衣和老式羊毛衫，蹲在罐子上，觉得自己仿佛在荒郊野外露营。鼻子呼出的哈气像女巫沸腾的锅冒出的白烟，尿液像黄色的毒药，热腾腾地散发着骚臭气，我打开窗户倒进覆盖着积雪的下水道。

我的肠胃运动则是另一个故事了。我排便十分不规律，顶多一周一到两次，而且需要借助外力。我养成了一个令人恶心的坏毛病，每当肚子胀气难忍时，便吞下十几片泻药。离我最近的卫生间在楼下，是我和我父亲合用，但在这里排便我总觉得别扭，担心味道会飘到楼下的厨房，或者正当我坐在马桶上时我父亲会来敲门。我开始依赖泻药，没有泻药排便艰难而痛苦，我拼命使劲，用力揉肚子，一边挤压一边祈祷，用指甲掐大腿，沮丧地捶着腹部，常常因为太过用力而流血。而在泻药的作用下，排便一泻千里，就好像我的内脏都融化成烂泥冲出体外，散发着化学药剂的特殊气味。上完厕所，我总是满心期待看到马桶的边缘被粪便溅脏。我起身冲水，头晕目眩、汗水湿透、浑身发冷，躺下来的时候，整个世界似乎都在眼前旋转，真是无比快乐。我安静地躺着，筋疲力尽，身体轻飘飘的被掏空一般，仿佛在绕圈飞舞，心怦怦直跳，脑子一片空白。我必须要有足够的隐私才能享受这一时刻，地下室最安全、最私密，所以我总是用地下室的那个卫生间。我父亲一定以为我在下面洗衣服。

然而除此之外，地下室总是让我黯然回想起我母亲。她总是长时间地待在那里，到现在我都不知道她在那里做什么。她走上来的时候腰间总是挎着一篮干净衣服，嘴里咕哝着让我走开，去打扫房间、梳头发、看书，离她远点儿。地下室到现在还保守着她不为人知的秘密。如果非要探究我父亲说的黑影从何而来，那只能是这里了。但不知道为什么，我去上厕所的时候却不觉得那里有何异样。在我一生的经历中，记忆、鬼影和恐惧就像这样来去自如，而我与之相安无事。

那个周六我一直赖在床上，直到饥渴难耐才穿上袍子和拖鞋走下楼去。我父亲缩在壁炉前的椅子里，似乎是睡着了，于是我关上炉门，喝了几口自来水，往兜里装满花生，然后烧了一壶水。外面的阳光明亮刺眼，厨房明晃晃的，如同被泛光灯照射的犯罪现场。到处都是污秽。后来，一看到特别脏乱的地铁站和卫生间就会让我想起那间厨房，忍不住恶心作呕，难怪我一直没有食欲。厨房布满了煤灰、油污和尘土，毛毡地板上撒满了汤汁和渣滓，但打扫又有什么用呢，我父亲和我都不做饭，也不在乎自己吃什么。每隔一段时间我会把堆满池子的杯盘碗碟清洗一遍。通常我只吃面包，直接从纸盒里喝牛奶，偶尔才会打开一罐青豆，一盒金枪鱼，或者炸一条培根。那天，我站在门廊上吃着花生。

邻居们正在从雪里往外挖车，我懒得动，宁愿等附近的男孩过来，付25美分让他们帮我扫路。我总是很乐意付钱。我把空花生壳扔在盖着雪的灌木丛上，权当是今年装饰我们家的圣诞树了。

"闭嘴！"我父亲大喊道，烧水壶正发出尖利的叫声。

"这才几点?"他嘟囔着，费劲地睁开眼睛，被阳光刺得一哆嗦。"拉上窗帘，"他说，"该死的，艾琳。"但是家里没有窗帘。几年前他把窗帘扯了下来，声称窗帘的黑影妨碍他看清现实世界，他想清楚地看到所有闯入后院的人。那天早上，他攥紧拳头挡在眼睛上方，看着我泡了一杯茶。"小心有人看见你那身打扮，像个流浪汉。"他翻过身，在又硬又脏的椅套上蹭着脸。椅子在他的扭动下发出嘎吱的尖叫声，像刚停下来的火车头。

"你饿不饿?"我问他，"我可以煮几个鸡蛋。"

"我快渴死了，"他咕哝着，口水黏在嘴唇上，"不要鸡蛋，臭鸡蛋。"我看着他的脚在薄薄的毯子下面发抖。"好冷。"他说。我小口啜着茶，盯着他的脸。他闭着的眼皮皱皱巴巴，看起来没有眼睫毛，脸上几乎没有血色。"天杀的艾琳——"他突然坐直了，拽下炉门，热气"呼"地冒了出来，"你想杀了我，你以为自己很聪明。这是我的房子。"他猛地把毯子拉到腿上面，把脚缩进去。"我的房子。"他重复道，像个婴儿蜷缩在摇篮里。

我父亲以前是县立警察署屈指可数的警官之一，工作职责不过是轰赶树上的野猫，从隔壁镇的医院把酒鬼开车送回家。这些警察之间关系很好。我父亲很受人尊敬，因为他出警时对每个打交道的人都和蔼可亲。他冷峻的蓝眼睛和道德感为他赢得了"邓洛普神父"的称号。他身上一直有以前当海军的那种咸湿的海味。他很宝贝他的制服，当警察的时候，连睡觉都穿着制服带着枪。他一定觉得自己很了不起，时刻准备着半夜接到紧急电话去追捕坏人，然而英雄的召唤却从未降临。不妨这么说：他只爱自己，又太过骄傲，戴在胸前的警徽就像是上帝亲自给他佩戴的金星一样。听起来他很迂腐吧，没错，他就是个迂腐的人，一个再平凡不过的庸人。

母亲去世前，我并没有觉得父亲喝酒有什么奇怪的地方，觉得他就是正常地喝些啤酒，只在天气冷的时候喝点威士忌。他常和警局的朋友光顾欧海拉，这也没什么大不了的。欧海拉是镇上的一个酒吧，名字是我给取的，用来纪念那个饱受冷落的诗人①。有一次我父亲冲着酒吧老板拔了枪，在那之后，他在欧海拉就十分不受欢迎。我母亲生病后——我倾向用"生病"这个词，因为它准确描述了事实，而日后她的猝死又让这个词颇具讽刺意味——我父亲开始休假在家喝酒，晚上游荡在大街上，睡在邻居家门口。后来他酗酒越来越凶，不仅早上喝，连上班也喝，把一辆警车搞得稀巴烂，上班时在更衣室意外放了一枪。但是这些事故从未被公开讨论过，因为他年长又备受警局上下尊敬，虽然我一直搞不懂为

---

① 弗兰克·欧海拉（Frank O'Hara，1926.3.27—1966.7.25），美国诗人、艺术评论家、策展人。——译者注

什么。他闯的祸越来越多，警局便劝他早退，给他发退休金，像照顾小孩一样定期监视他。不知为何我母亲去世之后他突然改喝金酒。我猜最可能的原因是金酒让他想起我母亲的香水"阿德莱德"，一种浓烈苦涩带着花香的香氛。也许痛饮已故之人的气息能让他获得些许安慰吧。但也可能是我在瞎猜。我听说喝金酒能防蚊虫叮咬，他也有可能是出于这个考虑。

我花了大半个下午的时间铲雪，因为没有男孩来问我是否需要帮忙。以前大雪过后，邻居的男孩来按门铃总是让我很兴奋。他们最多十二三岁，戴着帽子和手套，身上一股松树和糖果香气。有一个男孩格外可爱，名叫宝利·达利，名字就像唱歌一样好听。胖嘟嘟的粉红脸颊，蓝宝石般的眼睛，像天使一样。每次看到他我都想抱抱他，紧紧搂住他的厚羊毛外套。宝利会仔细地扫干净车上和轮胎下面的雪，把路上的雪也清走，这样好打开侧门，连我自己都想不起这样做。我想，他干活这样仔细周到，说明他在乎我。有一次我拿钱付给他时请他到房间里来。他很有教养，走进门廊之前先跺了跺脚，摘掉帽子。他的头发软软的，乱蓬蓬的，我努力克制才没有去摸他的头发。

"你想喝热巧克力吗？"我问他。我知道他没有其他人那么世故，觉得我是个固执冷漠又古怪的女孩，但也许这只是我的一厢情愿。他吸了吸鼻子，低头看了看脏兮兮的地毯，一只脚绕到另一只后面，然后戴上帽子。

"不用了，谢谢。"他红着脸轻声说道。

我亲了亲他的脸——他招人喜欢，是个可爱的孩子，没有别的意思，但是他红着脸擦了擦鼻子和嘴之间亮闪闪的鼻涕，看起来十分沮丧。我赶快走到衣橱掏上衣口袋。"不好意思。"一阵尴尬的沉默之后我向他道歉，把能找到的所有零钱都一股脑倒到他手里。

他点了点头，叫我"邓洛普夫人"，离开之后再也没有回来过。

那个周六，我把车上的雪清扫干净，摇下车窗玻璃，暖车除霜。时间还早，我想开车到兰迪家去，觉得自己别无选择。他住在离州际公路不远的一栋错层式建筑楼上。那时我莫名其妙地坚信，只要有我的密切监视，他就不会爱上别的女孩。据我所知，他大部分时间都是一个人在家。但我晚上很少监视他，我没勇气这么做，谁知道他晚上有多少女孩陪着。有时候门口的车道上会多出一辆摩托车停在他的车旁边，我估计他有个好哥们儿或是兄弟常来拜访他，但即使这样都能引起我的忌妒。我通常把车停在街对面，弯着腰缩在方向盘后面，从后视镜里盯着他的窗户。其实我根本没必要躲藏，我怀疑兰迪都认不出来我是谁，但我还是满心期待着时机成熟时兰迪能爱上我。

我一连几个小时坐在那里，谋划着如何用女人的狡黠掳获他的心。我幻想白天在莫海德后面的胡同和他秘密约会，手指交错，口舌交缠。我全靠无尽的幻想活着，不然估计会无聊死。和其他聪明的女人一样，我故作保守来掩饰我羞耻变态的幻想，这是很自然的事。想要辨别谁的心理变态很容易，只要看谁的指甲最干净准没错。比如我父亲压根不去费心藏他的色情杂志，就散落在马桶后面、他和母亲的床下、地下室的柜子上，还有书房的抽屉和阁楼的箱子里，然而他却是一个虔诚的天主教徒。我的虚伪和他比起来只是小巫见大巫。我从未因为我对他做的事情感到丝毫的羞愧，这么说来其实我还算幸运。

那天下午在我准备去兰迪家的时候，我戴上母亲以前的太阳镜，花瓣形状的镜片镶着甲壳边框，大得有些滑稽。

"你骗谁呢？"我父亲咆哮着。他醒了，弯腰坐在桌子前面，看样子正在费力喘气，毯子像斗篷一样披在身后。"和你的朋友出去潇洒？"他翻着白眼，抓着一把厨房的椅子摇晃着，"坐下，艾琳。"

"我迟到了，爸爸。"我撒了个谎，慢慢往门口走着。

"干什么迟到了？"

"我要见个朋友。"

"什么朋友？干什么去？"

"看电影。"

他眯着眼睛轻蔑地哼了一声，揉着下巴斜眼瞪着我，

"你就穿这身去约会？"

"我要见一个女朋友，"我对他说，"苏西。"

"你姐姐哪里不好了？你为什么不带她去看电影？"他夸张地挥动着细胳膊，毯子掉到了地上。他的脸突然一阵抽搐，就好像刀子刺进他后背一样。

"卓妮来不了。"我没少撒这样的谎，反正他也听不出区别。我转动把手打开门，抬头看了看冰柱。我想，如果我敲下来一个冰柱，也许可以瞄准我父亲的头，扔到他太阳穴上置他于死地。

"没错，"他说，"你姐姐有自己的生活，她还有点出息，不像你，艾琳，一个寄生虫。"他弯下僵硬的腰去捡毯子。我站在走廊这边，视线穿过厨房门看他抖着手系上浴袍的腰带，披上毯子，然后拿出一瓶未开的金酒，摇摇晃晃地走回椅子。"争气一点，艾琳，"他说，"有点出息。"

他知道怎么刺痛我。然而我明白，他是个酒鬼，不管他针对我说什么残忍的话，都是一个失心疯的老人无厘头的胡话罢了。他坚称自己需要证人保护，因为自己"阻止了太多流氓犯罪"。他似乎觉得自己是被囚禁的治安组成员，一个被迫在寒舍中与邪恶做斗争的圣人。他抱怨说，那些小阿飞搞得他做梦都饱受折磨。我试图和他争论，"那都是你自己想出来的，"我说，"没人要迫害你。"他发出一声冷笑，像对待小孩一样拍我的头。我估计我们两个人都不太正常。当然 X 镇没有什么犯罪团伙，我父亲当警察的时候，最多就是拦截一辆尾灯坏了的车。他脑子糊涂得厉害。

我父亲退休以后不久，警长就没收了他的驾照，因为他有天晚上在高速上逆向行驶被抓，隔天晚上又把车停在了公共墓地，于是他只能待在家里。但他就算走路也一样有破坏性：对着黑影拔枪；躺在下水道或者马路中间；停电时跑出去，用他编出来的理由挨家挨户地敲门进行搜查。警察悄悄把他送回家，轻轻拍拍他的后背，然后其中一个警察会训斥我没有看好他。通常他们会紧接着叹口气，有点抱歉的意思，但我还是对此满腹怨恨。我父亲在一次狂饮之后失踪了。六天之后，我接到两个镇外一家医院的电话，开车去接他回来。这件事足以让我决定把他所有的鞋都没收，锁在后备厢里。在那之后他确实大部分时间都待在家里，至少冬天是如此。我把车钥匙像吊坠一样挂在脖子上，到现在我还能感受到那把钥匙的重量，它在我瘦小的胸部之间晃荡，撞来撞去，刮擦着我的皮肤，出汗时贴在我硬邦邦的胸骨上。

在我告诉你那个周六发生的事情之前，我想再提一下枪的事。我长大以后，我父亲会在晚餐后坐在餐桌前擦拭那把枪，向我解释枪的结构和保养的重要性。"如果你不这样那样，"——我不记得原话了——"枪就会走火，会误杀人的。"他和我讲这些似乎不是为了分享他珍视的东西，而是在警告我：他做的事情很重要，甚至可以说是神圣，如果我打扰他或是动他的枪的话，天哪，会出人命的。我和你讲这些只是让你知道，从童年起直到最后，枪的存在贯穿始终，对我构成的恐吓和屠夫的刀差不多，仅此而已。

院子里的空气弥漫着汽车废气和吹散的雪，太阳也慢慢开始落山。我钻进道奇车开往兰迪家。我咬着皲裂的嘴唇，希望能从窗户中看到他的身影——他家也没有窗帘，或者正好碰到他往外走，这样我就能偷偷跟踪他穿过 X 镇的街道，听他摩托的马达发出迷人的轰鸣声。我又想象着他不在家的时候在做什么。如果他和什么女人在一起的话，我宁愿早点知道，长痛不如短痛，然后我也许会想办法接近这个女人。我也不是为了赢得兰迪的爱赴汤蹈火在所不惜，毕竟我很懒，也很害羞。但我对他的痴迷已经成了习惯，不受理智控制。如果我撞见他和碧姬·芭铎①那样的女孩舌吻，鬼知道我会做出什么事情来。我那个时候还不知道自己是真会用暴力的人。谁知道呢，也许我会敲打自己的脑袋，然后摇起车窗寻短见吧。

我到了兰迪家时他并不在家，他的车不在门口。不知道怎么想的，我决定按我对父亲撒的谎去看电影。我一直不喜欢看电影，但那天下午我渴望有人陪伴。我不喜欢电影和不喜欢小说的原因差不多，我讨厌别人告诉我该怎么想，对我

---

① 碧姬·芭铎（Briggitte Bardot），法国演员、歌手、模特。——译者注

来说那是种侮辱，何况那些故事都不可信。银幕上那些漂亮的女演员已经够糟心的了，她们又哭又笑的时候我心中总是燃烧着忌妒和仇恨的火焰。我当然知道表演是种艺术，也十分钦佩那些演员能把自己丢在一边，换上新的身份——你可以说我也是这样的。但是那些女人让我觉得自己黯然失色，丑陋且一无是处。尤其在那时，我觉得自己毫无魅力，没有任何竞争力。我能发挥的唯一作用就是充当一块门垫、一堵白墙。为了让别人喜欢我——更别说爱我了——除了杀人叫我做什么都可以。直到丽贝卡几天之后出现，我一心祈祷着好运降临奇迹发生，让兰迪不得不需要我。比如在他刚刚得知母亲去世的消息时，我恰好拿着纸巾走进房间，于是他伏在我的肩膀上哭泣。这些都是我浪漫的幻想。

　　X 镇只有一个小电影院，放映的电影都幼稚而老套。如果我想看《蔑视》或者《007 之金手指》，就必须向南驱车十英里①，到 X 镇妇联势力够不到的地方。监视兰迪的计划泡汤后，我也分不清自己是释然还是失望，但是开车去电影院的路上，我确有一种厄运降临之感。如果自己输给其他什么女人而失去兰迪，我非自杀不可。除了兰迪我已生无可恋。我停下车，摇上车窗，再次想到自杀是件多么容易的事情：只需割裂一条动脉，或者在结冰的路上高速行驶，或者

---

① 1 英里约合 1600 米。——编者注

从桥上纵身跃下就可以了结一条生命。只要我愿意，我甚至可以一直走到太平洋里去。每时每刻都有人失去生命，为什么我不可以？

"你会下地狱的。"我想象自己割腕时父亲突然冲进来。这是我最害怕的，我不相信天堂的存在，但我相信地狱。况且我还没那么想死。我不是时刻都向往活着，但我并不打算自杀。我告诉自己还有别的选择，只要我鼓起勇气就可以逃离 X 镇。纽约梦在召唤着我，就像电影院门口的霓虹招牌向我承诺的那样，只要花点钱就可以逃离当下。虽然只是暂时转移我的注意力，但也聊胜于无。

我买了一张《名花有主》的电影票，沿着黑红相间的菱字格地毯走向一个装饰着铁钉的大门。一个满脸是痘的年轻人拿着手电给我带路。电影已经开始了。温暖的空气中氤氲着香烟与黄油烤熘的味道，即使有桃乐丝·黛[①]的粗嗓门，我依然昏昏欲睡。我勉强睁开沉重的眼皮，但是看到的情节无聊得让我直打呵欠。大部分时间我都在睡觉。我模糊地记得那部电影是讲一个家庭主妇的丈夫患了疑难杂症或是什么严重害怕死亡的病。桃乐丝那时已经年迈，苍老而憔悴，发型幼稚，衣服都像是女仆的服装。男主角罗克·赫德森毫不掩饰对她的倦怠。看来连桃乐丝·黛都无法赢得男人

---

① 桃乐丝·黛（Doris Day），美国歌手、演员。——编者注

的欢心。

片尾演员表一打出来我就走出剧院，汇入 X 镇的人群中。不论男女老少都穿着彩色的羊毛外套，戴着帽子和围巾。夜晚空气冷冽，让人精神一振。我还不想回家。对街卖甜甜圈的橱窗闪着圣诞彩灯，我被吸引过去买了一个波士顿冰激凌，像往常一样一口吞了下去，但走出店我就后悔了，我不想变得像柜台后面那个女人一样油腻肥胖，身体像装满苹果的麻袋。隔壁精品店的橱窗里清楚地映着我的倒影。那身宽大的灰外套滑稽极了，我看起来呆头呆脑，像只孤单的鹿，被来往的车辆吓得不知所措。我整了整睡得乱七八糟的头发。门上方的遮雨棚用女气的仿花体字写着"黛拉精品店"。我翻了个白眼走了进去。

"唷呼——"一个声音和门铃同时响起，女店员从后面走了出来，"我马上要关门了，但是你随意看看，有什么需要的叫我就行。"

我的死亡面具丝毫没有困扰到她。每当我的冷漠被热情相待我都会十分恼怒——她难道不知道我是个怪物、变态、巫婆？像我这种人只配被厌恶唾弃，她竟敢用礼貌来讽刺我？我绕着货架用手摸着那些羊毛和丝绸制的裙子，我的男士靴在地毯上留下一串泥脚印。要我穿这么精美的衣服简直荒谬可笑，何况我根本买不起。我还记得那些衣服明亮的色彩和夸张的图案，那些缎子与毛料都剪裁精巧，装饰着大大的亮片和褶皱，还有其他花里胡哨的东西。我贪婪地翻过每一个标签查看价格，渴望这些我嗤之以鼻的衣服。凭什么其他人可以穿漂亮的衣服我就不行？这不公平。如果我也打扮起来，一定会得到我应有的关注，甚至兰迪也会对我注目。现在我知道追求潮流的都是傻子，但我也知道，偶尔当回傻子能保持心态年轻。我那时应该也是这么想的，虽然，或者说正因为我满腹鄙夷，我还是要求试穿橱窗里的晚礼服。

那是一件高领的金色连衣裙，金色和银色的亮珠从颈部相间排列到胸部，让我想起照片上非洲妇女戴着的金色项圈，层层叠叠地把脖子抻长，看着十分痛苦。我把衣服指给店员时，她睁大眼睛看着我，然后笑了一下，跳到橱窗里，花了几分钟才把裙子解开，把模特推到旁边，斜着脱下裙子。我漫步到店后面，用余光看着她折腾那个模特，然后轻而易举把四包深蓝色的连裤袜装进包里。陈列珠宝的玻璃柜从里面锁着，我照了照上面的镜子，脱下手套把嘴角的巧克力抹掉，然后在竹竿上垂下来的围巾上擦了擦手。店员把裙子捧到试衣间，好像在抱着一个熟睡的婴儿，胳膊向前伸着，小心不去碰那些珠子。我脱掉大衣跟着她，把皮包藏在下面。我不在乎店员嘲笑我的着装，她自己穿的裙子上面也缀着绒球还是绣着小猫来着，反正十分滑稽。"有什么需要的话我就在外面。"她说着关上了门。

我脱下毛衣，解开衬衫和胸衣，认真地看着自己瘦小的乳房，颠了颠它的重量，然后朝镜子拼命抖动肩膀，吓唬自己。我戳捏着自己的胸部。来例假时，乳房一碰就痛，硬似石块，沉如铅锤。我脱下裤子，目光停留在腰部以上。我的脚、关节、小腿都还说得过去，但是臀部和大腿却有种说不出来的邪恶和恶心。我总觉得如果自己多看它们一眼就会被吸入另一个世界。这些部位让我不知所措，那个时候，我甚至不觉得那是我的领地，我以为男人的用处正在于此。

那裙子重得像某种动物的兽皮，上面大得不成比例，别扭地堆在我的胳膊和胸部之间。我拉上后面的拉链，那些亮珠碰撞着，像少数民族的乐器一样发出响声。裙子太长了。镜子里的我看起来瘦小邋遢，毛茸茸的小腿从裙子下面伸出来，好像农场动物的后腿。这裙子明显不适合我，但我还是想拥有它。标签上的价钱比我在监狱里工作两个星期的工资还要多。我想把价签扯下来，好像这样裙子就不要钱了似的，或者把亮珠揪下来和连裤袜一起塞到包里，但最终，我用车钥匙的尖端在衬裙的褶皱边上扎了一个洞，然后撕开。我换上自己的衣服，愈发觉得那些旧衣服破破烂烂，散发着汗臭。我从试衣间走出来，衬衣的腋窝处又冷又湿。

"你觉得怎么样？"我记得店员问道，就好像我可能感觉很糟似的。凭什么人们总是质疑我？裙子在我身上看起来糟透了，那个店员一定预料到了。但为什么是我，而不是裙子的问题？她应该问的是"裙子怎么样"。

"不是我的风格。"我回答，然后夹着肥大的皮包迅速走出商店。突如其来的寒冷让我的脸抽搐着，但我露出胜利的微笑。偷东西时我觉得自己不可战胜，似乎惩罚了整个世界来犒赏自己，终于有一次正义得以伸张。

那天晚上我开车四处转了转，再次路过兰迪家时窗户仍是漆黑一片。我失望地咂了咂嘴，然后驶向通往观景台的1－H公路，情侣们喜欢去那里看海景。我边开车边戴上那顶新捡的毛线帽。我没有刻意想要寻找什么，人们必须要有车才能来这里卿卿我我，我想兰迪应该不可能开着摩托车带女孩上来。行驶在积雪覆盖的路上，我还是努力透过前面车雾蒙蒙的后窗看兰迪在不在里面。

我来过观景台很多次了，来窥视那些情侣。那天晚上我停好车，呆看着大海上方黑漆漆的夜空。我摇上车窗，心里想着兰迪。我在那个年龄还从来没有正式地约会过。后来我离开 X 镇，有了一些浪漫的感情经历，会和男人坐在车里，看夜空中明澈的月亮和灯火般的星星。他们总说"这里看出去景色真美"。我熟悉那种在睁眼一刹那的狂喜，就好像月亮和星星都是为我而明；我也深知在短暂的爱与激情后被高速巡警抓住时的那种令人目眩神迷的羞耻。然而那天晚上我只是独自看着夜空，思考着如果我开车驶下前方的悬崖，生活会驶向何方。我的思绪不可避免又回到了兰迪的住处——那里还是一片漆黑，令人抓狂——然后又飘回家里。我因为自怜而哭泣吗？并没有。那个时候我已经习惯孤独了。我知道，总有一天我会逃离这里，而在那之前，我只有暗自憔悴。

回到家，我对着水管灌下自来水，从水池下面拿了一大把泻药吞了下去，然后坐下来喝了一瓶啤酒。我父亲抬起手，一脸严肃地和我打了个招呼，他在模仿我的面无表情。

"警察们送来一瓶威士忌，"他说，手指着楼梯口处的一瓶格兰菲迪，瓶颈处系着一个蝴蝶结，"电影怎么样？"

他看起来很平静，心情好些了，先前咄咄逼人的怒气无影无踪，似乎想和我说说话。

"很无聊。"我如实回答。"要我打开吗？"我走过去捡起那瓶酒。

"不遗余力，不择手段。"他说。我也不是一直都讨厌他。像所有的坏人一样，他也有好的一面。大多数时间他不介意家里一团糟；他和我一样讨厌邻居，宁愿挨枪子也不服输；他有时候也会逗我发笑，比如看报纸时一只眼紧闭着，手指哆嗦着指着文字，每看懂一个标题他都一脸鄙视地骂骂咧咧。他依旧讨厌辛辛那提红人队，热爱戈德华特[1]，厌恶肯尼迪家族，还叫我发誓不说出去。在某些事情上他决不妥

---

① 巴里·莫里斯·戈德华特（Barry Morris Goldwater），1964 年美国总统选举共和党总统候选人。——译者注

协，有些原则坚决遵守，比如账单一定要准时付。每个月他会清醒一次，专门付账。我坐在他旁边，打开信封，贴好邮票，把支票准备好给他签字。"我写得太糟了，艾琳。"他说，"重新来一次，没有银行愿意接收写成这样的支票，和小女孩乱涂的一样。"他在清醒的日子也几乎拿不住笔。

那天晚上我倒了两小杯威士忌，拖了把椅子坐在他身边，在烧得正旺的炉子边烤着冻僵的手。

"桃乐丝·黛是头胖驴。"我说。

"要我说看电影就是浪费时间。"他咕哝着。"有什么好看的电视吗？"

"都是些噪声，你想看也可以。"我说。电视已经坏了一段时间了。

"得找个人来修一下。背投灯泡坏了，一定是灯泡的问题。"每个星期这段对话都会重复一次，已经好几年了。

"所有的事情都是浪费时间。"我陷在椅子里说。

"来喝一杯，"他喃喃地说，啜着他的酒，"警察们今天给我送来了一瓶好酒，威士忌，"他又说了一遍，"那个道尔顿看着怪狡猾的。""那个道尔顿"住在对街。他停下来，顿住。"你听见了吗？"他伸出手，竖起耳朵。"阿飞们今天可闹腾了。今天星期几？"

"星期六。"

"怪不得，都饿得和老鼠一样。"他喝完了威士忌，心不在焉地鼓捣着膝盖上层层叠叠的毯子，从里面掏出来半瓶金酒。"电影怎么样？我的卓妮还好吗？"他就是这样。脑子不太好使。

"她还好，爸爸。"

"小卓妮！"他满脸严肃，伤感地说。他搓了搓下巴，扬起眉毛，"孩子们长大了。"我俩盯着炉子，就好像在看噼啪作响的壁炉一样。我又给自己倒了一杯威士忌，冻僵的手指慢慢苏醒过来。我想象着自己早些时候开车加速驶下悬崖边，撞向岩石，看到车窗里的月亮与星星如漩涡一般旋转，破碎的玻璃在冻雪上闪闪发亮，大海黑暗而沉默。

"卓妮——"我父亲重复着她的名字，一脸欣赏。虽然我姐姐行为不检点，但我父亲却很喜欢她，几乎是"为伊消得人憔悴"。"我亲爱的小卓妮，"语气那样宠爱而郑重，"我的好女儿。"在 X 镇的最后几年，卓妮来的时候我总是待在阁楼上。我受不了看见我父亲满眼泪水，一脸慈祥地给她钱，看到他们那么爱彼此。我完全不能理解这种爱，如果那是爱的话。她怎么做都是对的，虽然卓妮比我大，但她才是我父亲的宠儿，小心肝，小天使。

至于我，不管我做什么，他都觉得是错的，而且会说出来。如果我拿着一本书或者杂志走下楼梯，他会说，"你浪费时间看书干吗，出去走一走，你脸色苍白得和我的屁股差不多。"如果我买了一块黄油，他会用手指捏起来说，"艾琳，我晚餐可不吃黄油，动动脑子，你什么时候才能聪明一回。”我走进房门的时候，他的反应永远都是“你迟到了”，或者“你回来早了”，或者“你再出去一趟，买点东西”。虽然我希望他消失，但我不愿他死。我要看到他改变，对我好，对我说“抱歉这些年让你这么痛苦”。而且，我一想到他葬礼上不可免俗的礼仪就受不了，那些虚伪的泪水，颤抖的嘴唇，还有叠旗[①]这种荒唐的仪式。

从小卓妮和我就不亲近。她总是比我更和善可亲，更快乐，和她在一起我总觉得自己不自在，僵硬又丑陋。有一年她的生日派对上，我害羞不愿跳舞，她便捉弄我，让我站直，然后两手抓住我的胯部，蹲下来冲着我的下体，像玩弄玩偶或是破布玩具一样左右摇晃我。她和朋友们开怀大笑，我坐下来，父亲给我照了张相，说：“艾琳，你噘嘴的时候难看死了。”这类事情数不胜数。卓妮十七岁时便抛弃了我，离开家去和她的男朋友过好日子了。

我想起有一年独立日，那年我一定是十二岁，因为卓妮比我大四岁，她已经拿到了驾照。那天下午我们从海滩回到家，发现我父母邀请了 X 镇警局的所有人，在后院开烧烤餐会。这类社交场合在邓洛普家很少见。在餐桌上，我被迫和

① 美国的军人葬礼中，仪仗队员会把国旗叠成三角形，献给已故军人的亲属，由他们盖在棺材上。——译者注

一个职业新球员坐在一起。我在镇上看见过他，他妹妹好像是个残疾人。我父亲见状和他调侃说，卓妮和我是"祸水妞"。很多年后我才明白这个词的意思，但我从未忘记他说这个词的情景，到现在我仍怀恨在心。我记得餐会上我坐的长椅是用两个装满石头的桶临时架起来的一块松木板，刺得我的大腿发痒。我走进房间去换泳衣，那个男孩尾随着我进入厨房想要亲我。我向后躲开了他，他便抓住我的肩膀把我转过身去，手抓住我的腰开玩笑说，你被捕了，然后把手伸进我的短裤里掐了我一把。

我跑上阁楼，在那里待了一晚上，却没有人发现我不见了。我知道一些年轻女性有过更加不幸的遭遇，我自己之后就经历过不少，但这件事尤其让我感觉羞耻。心理医生可能会把它叫作"形成性创伤"，但我不懂也完全不相信心理学。要我说，心理行业的人都应该被小心监视起来，如果是几百年前，我估计他们都会因为从事巫术被活活烧死。

说回到 X 镇那个周六的晚上，瓶子里的威士忌下得很快。我父亲睡着了，我准备到地下室的卫生间去把胃里翻滚的酒精吐出来，然后在泻药的作用下一泻千里。我喝多了，走路磕磕绊绊，如果我不是像抓着沉船的救生筏一样紧抓着裂开的栏杆，估计我能摔死在台阶上。曾经有一次我从这个楼梯上绊倒滚落。那时我还小，我母亲在身后拿着一个木勺子追我，尖叫着"去打扫你的房间"之类的话，我跑着躲她，滚落时撞到了头，摔裂了嘴唇，擦破了手和膝盖，重重地摔在了布满尘土的地板上。

我记得从楼梯底部抬头看着厨房黄色的顶灯和我母亲的剪影，但她一句话都没说，只是关上了门。我害怕极了，满身伤痕，也不知在那里待了多久。地下室黑漆漆的，到处都是灰尘和蜘蛛网，散发着一股潮湿的霉味儿。我身边是一口锅炉，周围扔着灰色的铁质工具，老式马桶的拉绳散发着尿骚味，还有老鼠。我想从那天起我就战胜了对黑暗的恐惧，没有邪灵袭击我，也没有鬼影想要带走我的灵魂，我被孤独地遗弃在那里，痛苦却丝毫未少。

午夜时分，我回到冰冷的地下室。多亏了泻药，我的内脏排得空空如也，身体因为太过用力而颤抖着。马桶哗啦啦地冲着水。我记得我有些期待着父亲的黑暗天使会从地下室潮湿的角落显形，把我拖到地狱中去。但是没有天使出现。黑暗在我眼前旋转、旋转，然后慢慢停止。我软绵绵地飘上楼梯，穿过冰冷的厨房，回到我的阁楼，沉沉睡去。虚脱，平静而痛苦。

星期日

　　星期日早上我躺在阁楼的折叠床上，仍宿醉未醒，我父亲在下面喊我帮他准备晨间弥撒。他手抖得太厉害，所以我要帮他系扣子，把酒瓶送到他嘴边。当然了，因为昨晚的威士忌，我自己也不舒服，视线还是一片模糊，身体在泻药的作用下软绵绵得像块破抹布。

　　"我好冷。"父亲浑身发抖地说。他摸着胡子拉碴的下巴，看着我挤眼睛，似乎在叫我去拿剃须刀。我照做了，站在厨房挤出泡沫给他刮胡子。身边的池子放满了脏碗碟，汤碗里存满了烟灰，发霉的面包渣到处都是，像布满绿锈的硬币。也许你听着不觉得太糟，但住在这里十分压抑。我父亲的情绪隔三差五爆发一次，简直折磨死人。他总是心情不好，我害怕会不小心惹他不高兴，不然就是我心情不好，故意想要激怒他。我们两个人就像结婚已久的夫妻一样博弈，但赢的总是他。"你闻起来和垃圾堆一样。"那天早上我给他刮下巴的时候他对我说。

我有时候真想杀了他。那天早上我动动剃须刀就能把他喉咙割烂，但我什么都没说。我不愿他看出来我的不悦，不能让他知道他有权力让我痛苦，尤其不能向他透露我有多想逃离这里。我越在脑海中盘算离开他，就越担心他会号召警局的朋友在全省上下搜寻那辆车，在东部沿海城市挂满我的通缉令。但其实这些都是我的幻觉，我知道离开之后他转眼就会忘记我，事实似乎也的确如此。我走了之后应该会有人接班照顾他。他妹妹会雇人帮忙，卓妮也终于肯帮一把手。我告诉自己，并非所有事都是我的责任，没有我他也可以过得挺好，事情能坏到什么地步？

那天，我姑姑开车来接我父亲，她叫露丝，我父亲只有这么一个妹妹。她一按喇叭我们就赶快跑出去。我父亲站在门口——哎，要是有一个冰柱能掉下来插进他的脑袋就好了。我走向停车道，打开后备厢拿出一双鞋。

"不要那双，"他吼道，"那双有洞。"

我换了一双举起来。

"可以。"他说。我姑姑甚至都没有抬头看我。明晃晃的积雪刺得她眯着眼睛，脸缩成一团。我走过她的车，对她挥了挥手，她没有理我。我站在门廊给我父亲系上鞋带，把他送走。

现在回想起来，我还帮他系鞋带，系扣子。我是个多好的女孩啊。我想我心里一直知道自己是个善良的人。然而矛盾的是，我有时候真想杀了他，却又不想让他死。我觉得他应该知道我是这么想的，虽然我有意隐瞒，但估计昨天晚上我酒后吐了真言。我和父亲两个人经常熬夜喝酒。我模糊地记得那个周六晚上我趴在桌子上，抬起头打呵欠，看见我父亲一手拿着金酒，一手拿着威士忌。"没样子啊，艾琳。"估计他是在说我两腿叉开，口红抹得到处都是。这没什么稀奇的，我们并不亲近，但也会讲话，也会争论。我会挥着双手变成十足的话痨。

日后我和男人们喝酒时也会这样。他们大都是些蠢男人，我以为他们会对我身上的所有事情都感兴趣，会觉得我话多的样子妖媚动人，仿佛我在说，"我就是个孩子，天真无邪，傻傻惹人怜，只要你爱我，我就不计较你的愚蠢。"我用此计策确实赢得了一些男人的喜爱，直到我意识到对他们投怀送抱本身就是降格的事，所以转而变得尖酸刻薄。然而在我父亲身上我却屡战屡败。我喋喋不休地发表议论，假装自己看过某本书，照着书底的简介鹦鹉学舌，空谈对自己、人生甚至是社会的看法。几杯酒下肚我可以变得很夸张。"所有人都是一副生活在太平世界的样子，但世界一点都不太平，明明是天下大乱！无数人正在死去，无数小孩正在挨饿，无数无家可归的人正在受冻，这不公平！所有事情都是黑白颠倒，却没有人在乎，'哎呀呀'，他们闭着眼睛唱着歌。爸！爸!"我拍着桌子让他好好听我说话。"我们正身处地狱，是不是？这就是地狱，没错吧?"他只是翻了个白眼，把我气得够呛。

那天早上他离开家去教堂之后，我给自己做了炒蛋，挤上番茄酱，温了一瓶啤酒。这是我最喜欢的醒酒早餐。当然你试都不用试，这对醒酒显然没什么用，但我前天晚上把五脏六腑都排了出去，吃点东西总是好的。尽管那天早上我并没有洗澡，却觉得自己又恢复了初始状态，有了一个全新的开始。

我讨厌洗澡，尤其是冬天热水断断续续的。我宁愿在污垢中腐臭，直到自己忍无可忍。我也不知道自己为什么这样，要说这是种抗议也未免太蠢了，而且我一想到别人能闻到我的气味、觉得我恶心，心里就紧张不安。我父亲已经说过了：我闻起来像垃圾堆一样。我穿上我母亲以前的休闲装：灰裤子、黑毛衣、羊毛帽衫，蹬上雪地靴，然后开车去图书馆。我刚看完一本《苏里南简史》，照片里有很多几乎全裸的男人和赤裸上身的女人。我还记得一张照片里有一只猴子在吮一个女人的乳头，但也有可能是我自己胡编乱造的，我喜欢这种变态扭曲的事情。我还看了一本占星手册，原因很简单，因为我需要有人告诉我未来一片光明。我那个时候还在想，生命如同一本借来的书，非我所属且注定会到期。我真是傻得够呛。

其实我一直不敢说自己知道做一名天主教徒意味着什么。卓妮和我还小的时候，每周日母亲会让我们跟着父亲去天主教堂。卓妮从来都不抗议，但礼拜仪式中她就坐在那里，嚼着口香糖看"南希·朱尔"① 侦探小说。她拒绝跪拜，我们念"天父"的时候，她就玩着头发说"巴拉巴拉"。因为长得漂亮，她在大概九岁十岁的时候就已经显出一种傲然的冷漠，足以让我父亲忽略她的不良教养。但是我五岁的时候还很胖，脸色苍白，小眼睛眯成一条缝——直到三十岁我才意识到自己需要眼镜。我估计自己的气场透露的犹疑和紧张让我父亲觉得丢脸。"别给我丢脸。"我们一起走上教堂台阶的时候他小声说。

他总是被一群马屁精簇拥着，估计这些 X 镇人觉得赢得警察的好感有利可图吧，不用说我父亲当然是身穿制服出现在教堂。但他们也有可能是怕我父亲，我就很怕他。我记得我们参加弥撒时，他会把枪留在车的储物盒里，这也许是唯一一个他不带枪的场合。有人问候他："早上好，邓洛普警官。"我父亲会和他们握手寒暄，一只手搂着卓妮，一只手

---

① "南希·朱尔"（Nancy Drew），流行于二十世纪美国的侦探小说系列。——译者注

按在我头上。如果有人注意到我向我问话，我父亲就会斜眼看着我，仿佛在发出警告，"保持正常，保持微笑，不许犯错。"但我总是不可避免地让他失望。我会闭口不言，或是说话磕磕绊绊，有人捏我脸时我总是一脸痛苦地涌出泪水。我痛恨教堂。

总会有人问，"邓洛普夫人怎么没来?"我父亲于是找借口说她身体不舒服，或者说她去探望她母亲了，但她向大家问好。我母亲从来不出席弥撒。她唯一一次出现在那个教堂是出席她父亲的葬礼。教堂里一个老修女教我和卓妮读《圣经》，我总是左耳朵进右耳朵出，时间总是很难熬。星期天下午我们从教堂回到家，家里依旧乱七八糟。我母亲躺在客厅的沙发上看杂志，两腿之间夹着一瓶苦艾酒，抽着烟，头顶的烟云盘旋在下午沉闷的余晖中，如同正在酝酿风暴的乌云。

"我死了以后记得来阴间看我，艾琳。"她说。

"回房间去。"父亲命令我。

我母亲对父亲的迷信嗤之以鼻。他吃饭前总是在胸口画十字，生气或是许愿时总是看着天祈祷。一天露丝姑姑来我家，训斥我和姐姐太懒，被惯坏了云云。我母亲把我们拉到一边——她和我姑姑处不来——"只有傻子才相信上帝。人们不过是贪生怕死而已。听着，小妞，"她说，"上帝是编出来的故事，像圣诞老人一样。没人一直看着你，只有你自己才能决定对与错。没有人给好孩子颁奖，想要什么就去争取，别呆坐着和傻子似的。"然后她宣布："让上帝见鬼去吧。让你们的父亲也见鬼去吧。"虽然她语气咄咄逼人，但却是我记忆中她最关心我的样子。

我记得自己回到房间，好几个小时坐在床上思考永生。我想象中的上帝是个穿着袍子的白发老人——差不多就是我父亲日后变成的样子——拿着红铅笔在纸上写写画画，掌管世间万物。而我如此可悲，肉身注定会消逝，上帝怎么可能会在乎我微乎其微的生命呢。但我又想，也许我很特别，他日后给我准备了什么惊喜呢。我用回形针戳破手指，吮出血。虽然我不是发自内心地信仰上帝，但我决定假装自己是天主教徒，看起来差不太多，我想。"祈祷的时候要发自内心！"轮到我饭前祷告的时候我父亲大喊。相比他漏洞百出的道德观念，我更厌恶的是他对待我的方式。我从未感受过他的爱。他从不以我为傲，从不夸奖我，说白了他压根就不喜欢我。他爱的是金酒，忠于和幻想出来的敌人和鬼影做斗争，"妖怪的走狗！"他叫唤着，四处挥舞着手枪。

那周日我前往 X 镇图书馆，把车停在门口，费力地穿过冰泥，却发现图书馆的红色大门是锁着的。图书馆所在地是 X 镇的会议室旧址，唯一的图书管理员是布尔女士，我还记得她的名字，图书馆的开放时间视她心情而定。我是这里的常客，所有的书我只要看着书脊就能说出名字，我甚至记得一些书的污渍在什么地方——这里一块意面渍，那里一只蚂蚁被碾碎的尸体，那里又粘着一坨鼻屎。我记得那天早上我在微风中嗅到了一丝希望的气息，仿佛已经到了十二月末，春天就在不远处。醉酒最吸引我的地方在于第二天我总是能感受到巨大的热情和活力，有时候甚至兴奋得有些颠狂，然而一般到中午好心情就消失殆尽了。那天阳光明媚，我把书塞进还书处，决定开车去波士顿。

如果我预先知道那将是我在波士顿度过的最后一个周末，我也许会躲在阁楼上收拾行李，也许会默默想着这栋我即将离开的房子，也许会趁我父亲去教堂的时候趴在餐桌上哭泣，哀悼我逝去的青春，也许会踢墙泄愤，用手撕掉剥落的墙纸和墙皮，往地板上吐口水。但我只是开车驶上了高速，因为我并不知道我即将消失。

我记得路面很湿滑，我摇下窗户，免得废气让我中毒窒息。我拿出那顶捡来的毛线帽，任寒风吹得脸失去知觉。那个冬天有几次我没有摇下车窗，开车时几乎要睡过去了。我记得一天晚上从兰迪家回来的时候，车子冲向了路边的雪堆。幸亏我没有脚踩油门，所以并无大碍。

车子离开 X 镇驶向波士顿。我想顺路去看一眼我的大学，却没有勇气。我在那个大学待了不到一年，和一群女孩住在宿舍里，正常上课，在餐厅吃饭，如此种种。在离开家的地方独自生活是件很惬意的事情，尽管学校离家并不很

远。大二上到一半，我被迫辍学回 X 镇照顾我的母亲。不过
"照顾"这个说法不准确，我看不懂她，也很怕她，对她没
什么感情。她生病期间，我只是尽一个护工的责任，却没有
什么温情，更谈不上照顾。

其实我暗自高兴能离开学校。我在大学里成绩不好，一
想到我父亲给我交学费而我又有挂科的危险，我晚上就睡不
着觉。我和系主任关系已经很紧张了，因为期中考试的时候
我躲在宿舍"生病"。当然，回家之后我埋怨父母，说我想
继续学打字、艺术史、拉丁语、莎士比亚这些没完没了的必
修课。

你无法想象在结冰的高速上开车有多冷，虽然我戴着帽
子，但冷气仍像鞭子一样抽打着我的脸，我只好摇上车窗，
打开收音机，飞速驾驶了一段路。然而在进城的时候，估计
是前面出了事故，车流停了下来。我坐在车里等着车队往前
走，突然一阵头晕眼花，眼皮沉得睁不开，头重得抬不起
来，头痛欲裂，累得只想睡过去。我吸入的废气一定对脑组
织造成了永久性损伤，但即便如此我仍然钟爱那辆车。我觉
得自己趴在方向盘上不过一分钟，醒来时却看到车纷纷鸣笛
从窗外驶过。我发动车，挣扎着想要清醒过来，但驶偏了车
道。后视镜里一辆警车中坐着一位警官，戴着黑手套示意我
靠边停车。模糊中我以为那是我父亲的脸，以为他尾随我出
了城。我脑海中始终有这样一个画面：他身穿制服大笑着，

肤色红润，眼睛里有一丝不祥的预兆。这个男人在警队时从未穿过一天便服。"警服外面怎么能穿外套。"他说。因此他总是感冒，流着鼻涕，身体僵硬，缩着肩膀，左右换着脚哆嗦，你应该能想象他的样子。当然，我父亲此时正在教堂参加弥撒，而且他已经好几年没有穿过制服了，但我总觉得他的身影无处不在。我离开 X 镇许多年以后，甚至在今天，我还能看到他在公园挥动棒球棒，从咖啡馆或酒吧走出来，驼着背，坐在楼梯的最高处。

我把车停在路边，摇下窗户。"抱歉警官，"我说，"车的暖气坏了，车里太闷了。"

我记得那个警官很年轻，脸颊瘦削，眼底的眼袋很深。他像个新闻记者一样，问我些常规的问题。我说话时努力闭着嘴，以免他闻到我嘴里的酒精味。

"天哪，"我揉着眼睛说，"真的，真的太抱歉了。"我抬起头，一脸恳求。"我父亲生病了，我整个晚上都守着他。这段日子太难熬了。"我觉得这个借口能帮我博取些同情，但说着却喉咙一紧，眼泪涌了上来，好像我被自己的故事打动了，好像我真的那么爱我的父亲，没有他便活不下去。当时我像完全换了个人一样，连车都开不直，真是太戏剧化了。我用手掌搓着眼睛，清了清喉咙。那个警官看起来无动于衷。

"这样吧……"他说只要我答应在下个出口驶下高速，

喝杯咖啡提神，他就放过我。我同意了。"你爸爸既然需要你，我就不给你找麻烦了。"他可真是仁慈。我重新戴上我的死亡面具，点了点头。我一向讨厌警察，但又不愿和他们作对，于是在下个出口驶下了高速。

我停下车后，发现那条街的名字叫"无常街"，真是无巧不成书啊。街上两个路灯之间挂着一条圣诞横幅。一个女人戴着大红色的头巾，牵着两只德国牧羊犬，像乘着雪橇一样趔趔趄趄从我身边走过。我不喜欢狗。不是因为害怕，而是因为狗的死亡比人的死亡还让我难以接受。我自童年起养的狗叫莫娜，是一只苏格兰梗犬，一窝小崽中最弱小的一只。莫娜死在我母亲去世的前一周，我可以毫不夸张地说，它的死比我母亲的死还让我伤心欲绝。我觉得自己应该不是唯一有这种感觉的人，但很长时间我都为此而羞愧。假如我像弗莱医生吐露这些事，也许我能如释重负，换个角度看待这件事。但我从未这样做，我不信任心理医生，他们无非是窥视患者的痛苦，然后向他们颂扬生活的美好。生活一点都不美好。我母亲尖酸刻薄，而那条狗却对我好。

无常街街角的那家咖啡店窗户上贴着精灵和圣诞老人，门框上挂着圣诞彩灯和冬青枝条。我点了一杯热茶坐下来，仍为车的事情忧心忡忡。我意识到，在我酝酿已久的逃跑计划中这辆车是靠不住的。摇上车窗后我只开了几分钟就已经神志不清，假如我不想冻死或是昏厥在车里，我最多只能逃到无常街这么远。那天的短途旅行就算是一次测试，一次带妆彩排，而车却出了故障。说气馁算是轻描淡写，我必须要等到春天，而即使春天来了，我真的能如愿离开吗？

服务员嚼着口香糖站在我桌子旁边，系好围裙。她穿着白色领子的黄色制服，外面套了一件粉色的毛衣，脖颈处镶着许多黑色亮珠，看起来就像一群蚂蚁蜂拥在脖子上，我记得很清楚。而我的黑色毛衣磨得起毛球，多处钩得脱线，裤腿上都是咖啡渍。我不自在起来，重新穿上大衣外套，突然间很生气。我凭什么要在乎谁看见我穿着一件破毛衫？咖啡店几乎是空的，谁会在意我穿什么？我不在乎自己有多邋遢，随人们看去吧，随他们向我满是油垢的头发上扔石头，我会把他们都远远甩在身后，让他们亲吻我坐过的椅子，我这样告诉自己。为了让自己信服，我点了巧克力冰激凌。服务员撸起毛衣袖子，露出小巧的肘关节，整个胳膊都伸进冰柜里卖力地向外舀冰激凌，然后盛在一个椭圆形的铁盘里，挤上生奶油，放上坚果碎和黑樱桃端了上来。我像饿鬼一样吞下冰激凌，巧克力酱从下巴上流了下来。我灌下热茶，牙齿钻心地疼，头几乎要炸裂开来。我不记得前一天晚上我父亲让我喝了多少威士忌，但绝对少不了。我虽然弱不禁风，但酒量不小，很少有过这么严重的宿醉。

我付过钱走出店，冰激凌在胃里翻滚着，心里满是悔意。等红灯过马路时，我拖着脚走过一块冰，猛跺鞋跟，看着冰裂开来，由透明变得浑浊，却没有塌陷。人的记忆有时真是奇怪。大多数周日我都宅在家里，在去兰迪家或者从他那里回来的路上，而我父亲在教堂，忙着和他想象中的上帝对话。露丝姑姑偶尔会在送父亲回来的时候进到家里，每次都紧紧地搂着她的皮包，嘴唇咬到发白，手套都不摘，最多对我说一句，"给你父亲倒杯咖啡去。"露丝姑姑在时，我父亲会直接忽略我。"雇个人打扫房间吧，"有一次她对我父亲说，"既然你女儿忙着做其他事情。"他们说话时我就站在门口，我父亲在厨房的躺椅上，露丝姑姑坐在桌子旁边，小心着不触碰任何东西。

"艾琳和她妈妈一个德行。"我父亲说。

"查理，别说死人的坏话。"

"别装老好人了，"他哼了一声，"那女人就会做两件事：花我的钱和打呼噜。"

没错，我母亲喜欢逛街，打的呼噜震天响，就好像房间里有一辆摩托车发动一样。我小时候常常梦到疾驶的火车，浓烟直升缀满繁星的夜空，穿过镇子带我离开 X 镇，脚底的铁轨发出隆隆的响声，几乎要把我从梦中震醒。

"这孩子从不打扫？从不做饭？"我姑姑问道。

"我有痛风病，"我父亲袒护我，"吃得很少。"等他们终于注意到我站在门口，我姑姑只是咂了咂舌，摆弄着她手里的皮包。

"倒垃圾去，艾琳。"我父亲说，像是安慰他妹妹一样。我把垃圾拿了出去。我从来都是打落牙齿往肚里吞，心情不好时就戴上我的死亡面具。还好那周日我开车出去转了一圈，虽然没有按原计划开到波士顿，但至少不用面对我姑姑。她有一头扁平的银发，额头上布满雀斑，像一颗煮熟的松花蛋一样令人反胃。我打心眼里不喜欢她。

我记不起那个镇子叫什么了，但无常街是个好名字。我闲逛着穿过一个街区，橱窗都很精美。当然所有店都是关着的，那个时候周日想买个口香糖都难。我往回走时经过一条窄巷子，看到一对年轻的情侣正在接吻——那个时候叫"打啵儿"。那场景我记得很清楚。我看到他们的时候，那女孩正把舌头往男孩的嘴里伸，淡粉色的舌头平滑地泛着冬日清冷的日光，她单纯的脸看起来美丽极了。我坐在车里，回想着脑海中的画面，那种激情让我难以想象。我当然听说过法式舌吻，看到过 1－H 露台上年轻人交缠的脖颈，但我那时看到的场景就好像是经过 X 射线透视一样。那女孩的大胆、直接、肆无忌惮让我惊异，我觉得自己永远都不可能有胆量像她一样。那个男孩似乎无动于衷，闭着眼睛张着嘴，胳膊环绕着女生，羊毛呢子外套的领子向上翻起。这画面如鬼影般追随着我，加剧了我的头痛与疲惫，让我焦躁不安。性欲总是让我恶心。如果在家的话我会洗个滚烫的热水澡，拼命搓洗自己。但我离家很远，于是我打开车门，用手攥了一把积雪塞到裤腿和内裤里。寒冷带来钻心的疼。我摇下车窗开着车，任积雪在衣服里融化。我也想不通我为什么没得肺炎。

心烦意乱的时候，我总是开车去兰迪家。在路上，我想着他强壮的胳膊，他性感而孩子气的嘴唇，他藏起漫画书时嘴角邪邪的笑容。如果我走了他会想我吗？也许会吧。"啊，艾琳，"警察来调查我的失踪时他会说，"我还没有鼓起勇气约她出去她就走了。我会永远后悔我错失了这次机会。"我幻想着几年之后我成长为一个真正的女人——兰迪喜欢的类型，不管那是什么——我们会重逢，拥抱彼此，为我们的分离和失去的爱而抱头痛哭。"我真是没长眼睛。"兰迪会说，他亲吻我的手指，泪水流下他英俊的脸庞。我喜欢哭泣的男人。这一弱点让我与数不清的爱哭鬼和抑郁症患者纠缠不清。我估计兰迪应该很少哭，但他一旦流泪必定是很美的事。那天下午我真的开车去他家了吗？当然了。我也说不清自己在寻找什么，我一直都满心期待兰迪会走出来向我表白，和我一起逃到远方，让我所有的问题迎刃而解。正当我待在他家门口耗时间时，我突然感到一阵恶心，于是打开车门一阵呕吐。冰激凌融化的灰色液体流到雪堆上，消失不见。

那天下午我一回到家就跑到楼上我母亲的房间，脱下又冷又湿的裤子和内衣。昏暗的走廊尽头，卫生间的门突然打开了，我父亲坐在马桶上问我："你去哪儿了？"

我穿上一条旧羊毛裤，找到那瓶我藏在橱柜里的金酒，递给我父亲。他接过酒，另一只手打开灯，报纸从他膝盖上滑落，露出大腿根部。我吓坏了。水池边缘放着他的枪。以前我时不时会想起那把枪，在我最阴郁的时候，我曾想过趁我父亲熟睡时从他身上偷出那把枪，对准我的后脑勺扣动扳机，这样我就会倒在他身上，血和脑浆一涌而出，摊在他冰冷而松弛的胸膛。但说实话，我对自己身体的羞耻感如此强烈，即使在我最阴郁的时候，一想到会有人对我的裸体进行尸检我便立刻打消了这个念头。况且我担心自己的死亡不会对别人造成任何影响。我一枪打爆自己的脑袋，而人们只是说，"没什么大不了的，咱们去吃点东西吧。"

那天晚上我躺在折叠床上，戳着自己的肚子，隔着手套数自己的肋骨。阁楼上很冷，折叠床也不结实，只能勉强承受我的体重——穿着衣服我也不到九十斤。如果我多盖几条毯子，那床就会发出嘎吱的响声，甚至我一呼吸床就会像海上的船一样摇晃，我根本无法入睡。我本可以找个扳手紧紧螺栓什么的，但我压根不愿修理东西，只是沉湎在烦扰之中，幻想日子会好起来。我想象着自己有一个叔叔，来访时会临时睡在阁楼上。他脾气会很好，也许是个退伍军人，喜欢造东西，修东西，挨饿受冻也从不抱怨，即使吃嚼不动的牛肉和油腻的鸡肉也不说二话。我想象他的耳垂长长的，肩膀瘦削，但肌肉紧实，眼睛大大的。也许那个好脾气的叔叔才是我真正的父亲，我幻想着。有时候我会翻我母亲的衣柜，试图发现她外遇的证据，找到她衣服上的油点、咖啡渍、口红印，虽然不同于听到她从阴间向我传话，但我还是满心希望找到什么有用的东西，什么都可以——一个暗示一句问候，证明她曾经爱过我。我不知道。我不知道为什么她去世几年后我一直穿着她的衣服。我父亲以为我是不愿与她分开，所以就像戴着守孝的徽章一样穿着她的旧裙子，传承她的精神。这简直是无稽之谈。其实我穿她衣服是为了伪装自己，仿佛这样到处走动就不会有人看到我了。

我记得自己坐在折叠床上，就着昏暗的灯光打量四周，景象实在是凄惨可怜。梳妆台的抽屉掉了出来，里面堆满了蛀烂的衣服，那些衣服曾经属于我妈妈的妈妈。几个箱子里装着旧书，一个老式留声机，还有几沓我从未放过也没想着要放的老唱片。阁楼窗边的天花板向下倾斜着，我弯下腰爬到窗边看向后院，除了白茫茫的一片雪和几根枯树枝外再无其他。余晖下所有景物都是紫罗兰色。我死去的狗莫娜就埋在院子里的某个地方。我想起我母亲躺在病床上，手埋在一堆脱线的软毛毯下面，尖声对我父亲抱怨说，这个世界上如果有上帝，那他一定是个混蛋。"我早就该死了。"她坚持说。我日复一日在火炉上煮鸡汤，把清汤盛在一个巨大的汤碗里一勺一勺喂给她，这样她再乱挥着胳膊虚弱地挣扎，汤也不至于洒到外面。

　　一天我走到后院晾衣服，看到我的狗肚皮朝天躺在杂草上，尸体已被太阳烤干。我背靠在房子的后墙上无声地流着眼泪，瞬间想到一个怪念头——也许是上帝搞错了，带走了不该带走的灵魂。我把湿衣服留在桶里，在莫娜身上盖了一条湿枕套，用了整整一天才鼓起勇气回到后院。枕套又干又硬，揭开时看到的景象让我把胃里的鸡肉和苦艾酒全都吐了出来。我花了一个小时用泥铲挖了一个足够大的坑，我没有勇气用手碰它，于是用脚把莫娜推了进去，把松土盖在上面。一周之后，我父亲不小心踢翻了莫娜的食盆，里面的狗粮已经陈腐发臭，然而他只是骂了一句"死狗"。于是我把莫娜所有的东西都扔了出去，没有把它的死告诉任何人。直到几天之后我母亲去世，我才终于哭了出来。这故事听起来动人，但也许并不真实，因为多年以来，每当我想要哭出来的时候都会给自己讲这个故事。

　　那天晚上我望着冰封的后院，为莫娜将永远留在 X 镇而难过，于是又一次为我的狗哭了出来。我想过挖出它的骨头带它走，我真的想过穿上自己的滑雪裤、厚毛衣、雪地靴，戴上手套和毛线帽，拿一把铁铲到外面去。我埋莫娜的时候没有做记号，但我相信它一定会召唤我，告诉我该从哪里挖起。当然我连试都没有试，我需要墓园里用的那种丁字镐才行。如果没有机器，挖一个坟墓要耗的力气可想而知，并非电影里演的那么简单。我好奇过去人们是怎样在冬天埋葬死去的人的，他们会把尸体留在外面一直冻到春天到来吗？如果真是如此，他们一定会选个安全的地方，比如地下室，让尸体躺在黑暗与沉寂中，直到解冻。

星期一

　　我记得那天早上我洗了个澡，对着雾气腾腾的镜子磨磨蹭蹭地照着自己的身体。我现在已垂垂老矣，时间在我的脸上刻出了皱纹，添了眼袋，皮肤变得松垮，身体早已走形，几乎看不出性别。我现在回忆起自己二十四岁的处女之身真是觉得好笑。那时我瘦削的肩膀上都是骨头。我像猿人一样用拳头敲打自己的胸骨，坚硬得像紧绷的鼓面。我的乳房又小又硬，像两颗柠檬，乳头尖如荆棘。我身上几乎全是肋骨，胯骨因太瘦而外凸，常因撞到东西变得瘀青。我的胃还因前一天吃下的冰激凌和鸡蛋疼挛着。肠胃功能迟缓是我长期以来的问题。何时忍耐身体因便秘而飙升的压力，何时借助泻药一倾而泻——平衡饮食与排泄实在是门深奥的学问。我几乎不会照顾自己。我知道我应该喝水，吃健康的食物，但我真的不喜欢喝水或者吃健康的食物。吃水果和蔬菜就像嚼肥皂和蜡烛一样惹人厌恶。虽然我已经二十四岁，但我还像在青春期一样为自己的女性特征感到羞耻，无法接纳自己的身体。有时候我几乎不怎么进食，只吃几颗花生葡萄干或是面包皮之类的，有时候我会嚼嚼糖果饼干然后吐出来，就像几天前吃巧克力一样，纯为乐趣。这些东西虽然好吃但我害怕长肉。

那个时候就已经有人管我叫老姑娘了。二十四岁前只有一个男孩吻过我。那是我十六岁的时候，高中四年级的彼得·伍德曼带我去他的毕业舞会。关于这件事我不愿意多说，我不愿自己怀旧般对这经历一直念念不忘，我最讨厌怀旧了。况且我的故事就算有浪漫的主角，那也是兰迪，彼得·伍德曼连给他提鞋都不配。我的舞会礼服很漂亮，是一件水军蓝色的绸裙。我喜欢深蓝色。深蓝色的衣服让我觉得自己在穿制服，既受肯定又有种伪装的感觉。舞会上大多数时间我们都在昏暗的体育馆坐着，彼得和他的朋友聊着天。他父亲在警局工作，我敢肯定他请我参加舞会是因为他爸欠我爸的人情。我们没有跳舞，这点我倒是不介意。舞会结束后，在高中停车场彼得父亲的货车里，我对准他的脖子咬了下去，以防他的手再靠近我的裙子下面。事实上他的手几乎都没有碰到我的膝盖，那个吻也只是象征性地碰了碰嘴唇而已，现在想起来还有几分甜蜜，但那时的我那么警觉。我不记得那天晚上我从彼得的车里跳下来之后是怎么回家的，他在我身后咒骂着，揉着自己的脖子。我不知道自己是不是把他咬出了血，我不在乎，反正他现在估计也已不在人世，大部分我认识的人都已经过世了。

周一早上在 X 镇，我穿上新的蓝色长筒袜和我母亲的衣服，把我父亲的鞋锁在后备厢里，然后开车去莫海德工作。我记得自己制订了一个新的逃跑计划。等我准备好了之后，有一天我会穿上所有想要带走的衣服：灰色大衣，几双羊毛袜，雪地靴，手套，帽子，围巾，裤子，连衣裙，短裙——所有衣服，然后驱车三小时北上佛蒙特州。我知道关上车窗我大概能保持清醒一小时，摇下车窗之后，我身上的衣服应该能让我撑到旅程结束。纽约离 X 镇不算太远，准确来说在 X 镇以南二百五十七英里。我决定一直开到拉特兰郡——我在一本铁路书里读到过这个地方，把道奇车扔在某个废弃停车场或是死胡同，然后从那里走到火车站，乘火车一路奔向我的新生活，这样他们搜查起来所有的线索都会失去方向。我觉得自己聪明极了。我打算带一个手提箱，上火车之后把衣服脱下来装到箱子里。除了我存在阁楼上的钱和衣服，我不打算再带别的东西。

但也许在路上我会想看本书，我想。我打算从 X 镇图书馆借几本好书，不再归还。在我看来这主意不错，因为我能把书留做纪念，有点类似杀手剪下一缕受害者的头发，或是带走笔、梳子、《玫瑰经》之类的小物件作为战利品。此外，借书不还会让我父亲和其他人更担心，他们会以为我原本计划回家，是遇到了什么紧急情况才被迫离开的。我幻想警探在我家里侦查："没有什么异样，邓洛普先生，也许她只是去看个朋友。"

"哦不，艾琳不会的，艾琳没有朋友。"我父亲会说。"一定是出了什么事，她从未这样丢下过我。"

我希望他们以为我被绑架了，被抛尸在阴沟里、埋在暴雪中、被熊吃掉之类的。我必须对我的出逃计划严格保密，如果我父亲知道了他会羞辱我的。我能想象到他哼着鼻子和露丝姑姑讽刺我有多傻。他们会说我被惯坏了，是个忘恩负义的蠢货。也许我真正离开 X 镇的时候他们的确是这样说的，我永远不会知道了。我想要我父亲绝望，为他可怜的女儿哭瞎眼睛，瘫在阁楼上紧紧裹着我脏兮兮的毯子，闻着我的汗臭味；我想要他刨白骨一样仔细地刨我的遗物，它们曾见证过我的生命，而他却从未珍惜；假如我有音乐盒，我希望它的声音能击碎他的心；我想要我父亲因为失去我而伤心欲绝；我想要他说，"我爱她，却从未表现出来，这都是我的错。"那天早上我去上班的路上脑海里想的都是这些。

那个时候我还不知道，在圣诞节的那天早上我将永远离开。我的记忆已经黯淡生锈，但我会尽可能完整地告诉你事情的始末，尽力讲述我在 X 镇最后的那几天发生的事情。有些我记忆中最清晰的画面看起来似乎毫不相干，但如果我觉得这些事情影响了我的心情，我也会把它讲出来。

举个例子，那天早上我到莫海德的时候，每个男孩都收到了一件当地教堂义工手织的毛衣作为圣诞节礼物。我估计是有剩余的，因为我的桌子上也放着一个棕色纸包，史蒂芬夫人告诉我说那是监狱长的圣诞礼物。我打开包装纸看到一件水军蓝色的毛背心，胸前织了一个橙色的十字架，领子上用别针固定了一个纸片，上面歪歪扭扭地写着小号"S"。看到背心是深蓝色，我猜想说不定监狱长暗恋我，他不想让办公室的人猜忌他偏心，有地下恋情，所以不敢送我一盒巧克力。我想象自己在监狱长的办公室，像个破布娃娃一样扑在他身上，虽然这并非我的意愿。我脑海里就像在放映一部污秽的电影。我还记得我把毛背心关在抽屉里时发出的沉闷的响声，却不记得监狱里娱乐设施的布局，不记得圣诞集会是在体育馆、教堂还是礼堂举行的，但也许礼堂压根就不存在，也许我想的是我以前的高中。

这一幕我记得很清楚：大概两点钟的时候，监狱长走进我们的办公室，后面跟着一个红头发的女人和一个穿着松垮制服的秃头男人。我第一眼看到那个女人觉得她是来给少年犯做慰问演出的歌唱演员。我的猜想不无道理，明星们常为军人演出，为什么不能为罪犯演出？这些少年也值得社会关注。我敢肯定，大部分男孩在短期服役之后都走上了越南战场。那个女人很漂亮，看起来有些眼熟，但大多数漂亮的人都长得差不多。初见她不到三十秒我就断定她是个肤浅的草包，没有任何深度和内涵。这种女人就像桃乐丝·黛一样，必须活在金银软绸之中。不用说我讨厌她，我还从没和长这么漂亮的人如此近距离地接触过。

我对那个男人没有任何兴趣。他抽了抽鼻子，一只手揉了揉脑袋，另一只胳膊上挂着两件外套，我猜是他和那个红头发的。我情不自禁地盯着那个女人看。我总是回想起她那天的打扮，衣服是一种奇怪的粉色，倒不是过时，但也绝不是那个时候流行的款式。她穿一条长长的飘逸的裙子，毛衫罩在她瘦长的身躯上，戴一顶硬沿帽，现在想起来就像一顶头盔，只不过是灰色的，更精致，也许是毛毡做的，一边插一根五彩缤纷的羽毛——但也许这都是我编出来的。她戴了一条长长的金色项链，这我记得很清楚。她的鞋像是男式机车靴，只不过更小，鞋跟更精致。她的腿很长，细小的胳膊叠在胸前。我看到她手里的烟时很惊讶。当然那个时候有很多女人在抽烟，比现在要多，但奇怪的是她就站在办公室中间抽烟，好像她正在出席一个鸡尾酒晚会，好像这个地方是她的一样。而她抽烟的样子也让我感到不安。其他人抽烟时，是一种贪婪而廉价的样子，而这个女人吸烟时，脸狂喜般颤抖着，睫毛微妙地眨动，就好像她在尝一块极美味的点心，或是刚踏进一个盛满热水的浴缸。她看起来就像被施了法术一般，无比快乐。所以我对她的第一印象是令人恶心。那个时候我们还不用"做作"这个词，更像是"令人作呕"。

"大家听好，"监狱长说（他长着一张宽大的麻子脸，红彤彤的，鼻子硕大，小眼睛难以捉摸，穿得却很整齐，打扮得像个军人，我曾一度觉得他很帅气），"我向大家介绍我们新来的心理医生，布拉德利·莫里斯医生。弗莱医生毫不吝啬对他的赞美之词，我相信他将帮我们更好地管教这些男孩，让他们获得救赎。这位是丽贝卡·圣·约翰小姐，多谢政府的慷慨资助，让她成了我们监狱的首位教育执行官。我相信她完全有能力胜任这个职务，虽然她刚刚从拉德克利夫学院毕业——"

"哈佛。"丽贝卡·圣·约翰说，微微向他倾过身子。她把烟灰弹到地上，向天花板吐了一口烟，似乎在邪笑着，场面十分诡异。

"哈佛，"监狱长继续说道，"我相信你们会展现职业素养，欢迎并尊重我们的新成员。希望你们在丽贝卡·圣·约翰小姐初到的这几天多多照顾她。"他含糊地指向办公室的女员工，包括我在内。太奇怪了，这么一个年轻迷人的女人从哪里出现的，又来这里做什么呢？莫海德的男孩能正常吃饭、呼吸、走路、坐立，不用脑袋撞墙就不错了，教他们写作和算术未免太过荒唐。莫里斯医生在这里的目的无非是让他们吃药，做个正常人，这种情况下还教男孩学什么呢？监狱长把圣·约翰小姐的外套从莫里斯医生的手中抽出来递给我，似乎在微笑着。我一直摸不清他对我的真实想法，不只是送毛背心这一件事。我想他的死亡面具一定厚到坚不可摧。不管怎样，给这个新来的女人分配锁柜是我的工作职责，于是她跟着我走进更衣室。

据我所知，丽贝卡·圣·约翰那天应该没有化妆，但她看起来却无可挑剔，脸庞容光焕发，有种自然美。她古铜色的头发又长又厚，看样子要一把力气更大的梳子才能梳妥帖，看到她头发蓬乱我暗自高兴着。她的皮肤是浅金色，圆脸上颧骨凸起，樱桃小口，眉毛细细的一条，睫毛的金色十分罕见。她的眼睛是种奇怪的蓝色，像人造的一样，类似广告上的热带海洋，类似漱口水、牙膏、洁厕灵的蓝色。我的眼睛就像一浅滩绿色的湖水，裹挟了泥沙一样混浊。不消说，在这个漂亮的女人面前我就像是被羞辱了一般，觉得自己丑陋极了。也许我应该听从自己内心的厌恶和她保持距离，但我忍不住想要靠近她，仔细打量她，看她怎样呼吸，看她思考时脸上的表情。我希望能找到她的瑕疵，或者至少找到她的性格缺陷，为她的外貌减分。你现在知道我有多傻了吧？我把锁柜的密码写在一张纸上，递给她的时候深吸了一口气，她闻起来有种婴儿爽身粉的味道。她没有戴戒指，我好奇她是否有男朋友。

"你站在这里，看我能不能把锁打开。"她说话时的口音清晰而傲慢，就好像从取景法国南部和曼哈顿高级旅店的电影中走出来的一样。内陆没有这样的口音，在莫海德这样的地方显得十分荒唐，你大可想象英国贵族指使女仆时文雅而礼貌的口吻。她转动密码锁时我背靠着锁柜站着。

"三二，二四，三四，"她说，"唔，你瞧，恰好是我的三围。"她笑着叮当一声打开锁柜门。我的三围还要更小。我们都低头看了看自己的胸部，然后看了看对方，笑了出来，好像彼此是对方的镜像一样。丽贝卡说，"我更喜欢平胸，你呢？大胸的女人总是很羞赧，要不就只在乎自己的身材，可悲极了。"我想起卓妮，她肉感的身材总是那么显眼。我一定脸红了或者做了什么怪表情，因为丽贝卡问道，"噢我让你不好意思了吗？"在我看来她的真诚是发自内心的。我们互相笑了笑。"胸部而已，"她耸了耸肩又低头看了看自己说道，"谁在乎？"她笑着朝我挤了挤眼睛，然后转向柜子拨弄密码盘。

也许只有我这种心思过重、郁郁寡欢的人才会明白，那天在我和丽贝卡的对话中，有某种东西把我们秘密地连接在了一起。多年以来我都躲藏在隐密的羞耻感中，而和丽贝卡在一起短短几分钟，我的沮丧就得以被宽恕，我的身体甚至我的存在得以被正视。那一刻因为被理解，我感受到如此强烈的感激与爱慕。你也许会以为我之前从没有过朋友，而事实也的确如此。我的朋友只有苏西、爱丽丝和玛丽贝，都是我臆想出来的女孩，我用来向父亲撒谎的朋友，我的阿飞们。

"当然没有。"我回答说。这是几年来我最需要勇气说的话，因为那一刻我摘下了自己冷漠如冰的面具。"我完全同意你说的。"

老话是怎么说的来着？真正的朋友是愿意帮你藏尸的人，这正是我们友谊的宗旨。当下我即意识到，我的生活将发生改变。在这个奇怪的女人身上，我看到了与自己志趣相投的盟友。我已经准备好伸出手与她相握，即使两肋插刀也在所不惜，我是如此的孤独——只不过当时我的手插在兜里。这正标志着我们之间的黑暗联盟，接下来的故事也将因此展开。

"那很好，"丽贝卡说，"比身材值得关注的事情有很多，但并不是每个人都这样想，你说对吧？"她对我挑了挑眉毛。她的美丽让人惊叹，我几乎不敢正视她。我拼命想要取悦她，想要知道她也有同感，觉得我们两个人不分你我。

"我不在乎别人怎么想。"我撒谎。我从没有过这么自大，真是叛逆啊。

"瞧啊，"丽贝卡说，双手叠在胸前，"像你这样年轻又有胆识的女孩真是少见。你就像民间的凯瑟琳·赫本。"如果换作别人这么说我可能觉得是讽刺，但我并不觉得受到了冒犯。我脸红着笑出了声。丽贝卡也笑了，然后摇了摇头。
"我开玩笑的，"她说，"我也是这样，压根不在乎别人怎么
想。但如果他们喜欢你是好事，自有它的好处。"

我们微笑地看着对方，我睁大眼睛嘲讽般点点头。我们
说的话是认真的吗？这似乎并不重要。我所有的痛苦似乎此
刻都被转换成了某种优势。丽贝卡一定看出来我在逞能，但
当时我并不知道，我以为自己很老到。

"回头见。"我说。我想还是不要穷追猛打的好。我们
互相挥了挥手，丽贝卡风一般地回了办公室，消失在走廊昏
暗的光线中，像只异域的鸟或是珍稀的植物一样，和这里的
环境格格不入。我机械般慢慢回到我的桌前，背着双手吹着
口哨，就好像什么都没发生一样，然而我的世界已经发生了
翻天覆地的变化。

那天下午我绞尽脑汁想着如何和丽贝卡打交道。我害怕
她觉得我是土气的乡下女孩，拼命想给她留下好印象。当然
她知道我是土气的乡下女孩，事实本就如此，但那个时候我
仗着我们都讨厌大胸，以为故意发表些偏激的言论，用我深
邃的眼神和冰冷的态度就能骗过她。其实我一点都不偏激，
只是闷闷不乐而已。

我坐在桌子前练习我的死亡面具——一脸冷漠，肌肉僵
硬，眼神空洞，眉头微皱。我天真地以为在新朋友面前，一
定要等她先发表看法我再说话。现在形容这种态度会用"故

作老成"这个词，其实这是人没有安全感的一种表现。这种人最喜欢否定他人的观点，害怕拒绝和异见，不愿说出自己的价值和见解。

我以为我必须咬紧牙关显得自己漠不关心，直到丽贝卡先出牌。如果她问我喜欢自己的工作吗，我会耸肩回答，"赚工资而已"；如果她询问我的过去，我会说"没什么值得一提的事情"，但我会故作神秘地暗示我妈妈已经去世，那语气就好像她在月夜中被一群暴徒谋杀在码头，好像是我用枕头把她闷死，直到今天才说出这个秘密。我编造出各种故事想要骗她上钩。如果丽贝卡想知道我的兴趣爱好，我会说看书，如果她想知道是什么书，我会说是个人秘密，我会说对我来说看书如同做爱，而我不愿八卦——我以为自己很聪明。

我猜想丽贝卡既然是老师，就一定会喜欢有学问的人。当然我不会真的和她聊文学，谈论生活中的事情对我来说更容易，比如"你喝金酒吗"之类的。如果她想知道我为什么好奇，我会满不在乎地说，"就一个人喜不喜欢喝金酒能看出很多事"，然后根据她的回应，我会把喝金酒的人分为三类：白痴，英雄，还有悲伤的预言家。我满脑子想的都是这些，却没有勇气真正这么伪饰自己，我很敬畏丽贝卡。

"哎喂，艾琳，该整理邮件了。"莫雷夫人伸出手指啪着嘴。我走去干活，心里扑通乱跳，时间无比难熬。

　　我现在想起来了，圣诞集会是在教堂举行的。那天下午在去教堂的路上我走进洗手间，对着镜子补口红。我习惯用毛衣袖子去擦我扑了粉的油腻的脸。虽然已经过了痘痘爆发的青春期，我的发际线附近却总是有一排细小的粉刺。我的皮肤一直不好，即使现在我脸上的红斑也很严重，从二十岁起我就顶着一个酒糟鼻，而我说过了，我从不喝金酒①。也许酒糟鼻是我注定要背负的十字架，一个记号，一种忏悔。我现在对我的长相挺满意的，但那个时候我讨厌我的脸，我的相貌对我来说简直就是种折磨。我抹了抹头发，厚厚的涂了一层"一红到底"，用纸巾蘸了蘸嘴唇，检查了一下牙齿。我的牙齿又小又密，像是小孩的牙，和口红比起来显得很黄。我笑的时候一直很克制，抿着嘴唇遮住自己的牙，我好像说过，我的上嘴唇容易露出牙床。对我来说，没有任何事是容易的，没有任何事。

　　我上厕所的时候发现例假来了，顿时一阵反胃。回想起来，我如此神经紧张营养不良还能来例假可真是奇迹。我从未让我的生育能力发挥用处。有一次我怀孕了，但很快就流产了，没什么好说的。之后还有一次被我打掉了。说我从不后悔没有小孩是假的，但后悔没有什么用。那天在莫海德，我没有去锁柜拿卫生巾，只是拖了一长条卫生纸，叠起来塞

---

① 酒糟鼻的英文是 gin blossom，因此说不喝金酒（gin）。——译者注

在内裤里。卫生纸又干又糙，颜色和杂货店的包装袋一样。这细节我记得很清楚，因为我走向走廊时浑身不自在。我突然意识到那些男孩，兰迪，甚至詹姆斯可能都看到了我，在我经过时盯着我的后面。我当初怎么没想到呢。忘记说了，我上过厕所以后并没有洗手。

莫海德虽然充斥着暴力，但我记忆中那天的监狱更像是个少儿托管所。走廊的墙壁上画着耶稣和圣诞老人，十分吓人，是教堂志愿者周末劳作的成果。其实圣诞节从来都是做做样子而已，虽然我到现在都不愿承认，太痛苦了。我记得三十多岁的时候，一个男人对我口若悬河地讲起他的童年多么幸福，我耳朵都听出茧了——圣诞树下的礼物、热巧克力、小狗、火炉上烤着的栗子。我最厌恶的莫过于有着幸福童年的男人。也许弗莱医生觉得圣诞节对精神有好处，所以总是鼓动男孩们参加圣诞活动，唱圣诞颂歌、制作圣诞卡片之类的。然而事与愿违，男孩们为唱歌而感到羞耻，一旦有人先张嘴唱歌，大家就喊他的名字指着他嘲笑，因此引发了不少打架斗殴。而送出去的卡片上永远都是脏话连篇，涂满了威胁恐吓和色情插画。我知道这些事是因为劳教官没收卡片后会拿给警卫和工作人员看，然后递给我，叫我把卡片归档，我敢肯定他们是为了羞辱我——"操 XXX 生蛋快乐"。一年中的其他时候，这些男孩都温顺且无趣，也许是因为他们平时吃弗莱医生的药，而圣诞节药量减轻了，不然就是因为他们平时被强制服用镇静剂，严格控制饮食。

那天下午男孩们排成一列，没精打采地走进教堂，焦躁不安地坐在前几排。兰迪站在台下面对着男孩。我的任务是坐在后面的高凳上。后墙固定着一个铸铁框，里面有一盏可旋转的老式聚光灯。我把它插上电，调整角度，把聚光灯打在舞台上，皱巴巴的橘黄色幕布上形成一个亮光圈。现在想起来那画面就像兔八哥动画片的开场片头。开头的那段旋律时不时会回响在我的脑海，每次响起都像是聚焦我生活中的不如意。那个圣诞节的演出在我记忆中如同彩色画片般清晰，荒唐透顶。

灯光快落下的时候，丽贝卡出现在门口，手里拿着一个笔记本，螺旋线圈处卡着一支铅笔。警卫和我看着她娇小的臀部扭动着穿过走廊。她坐在前排的边上，挨着莫里斯医生，靠近兰迪站岗的地方。我立刻不安起来。我宁愿他们两个人互不相识。丽贝卡那么漂亮，兰迪不可能注意不到她。我对丽贝卡充满忌妒，尽管我和她刚刚交好，尽管我一直幻想着永远逃离 X 镇，再也不回莫海德，而兰迪很快将成为他现在之于我的印象，一个过期的梦，一个鬼影。"再见了，兰迪，再见了。"我想象着自己坐在去往纽约的火车上哭泣着。

我记得灯光一落，一排穿着灰蓝毛背心的男孩便挥舞着拳头咒骂起来。兰迪如同突然活了的雕像前去控制骚乱。看他工作是一种享受。他充满力量，行动敏捷镇定，毫不犹豫。我屏着呼吸看他的肌肉在浆硬的制服下绷紧。我想我是用最肤浅的方式爱着他：我只在乎他的外表，他的身体，除此之外我对他一无所知。

男孩们回到座位上后，监狱长走上舞台。我调整灯光，无意间——但也许是故意地——把灯打到了他的裤裆处。几个男孩笑了起来。监狱长拿起麦克风说：

"各位囚犯，员工，访客们，圣诞快乐。每年我们都特别举办集会来庆祝这个重要的节日，每年我们都温习圣诞故事，从中学习如何坚守我们的原则。我们向上帝祈祷，看到我们的不足之处，这无疑非常重要。圣诞故事的主角是一个孩子，在座的男孩大多与之相似，父母都太年轻，生活贫困，看不到希望。我们从故事中意识到自己的错误，激励自己改变、从善、远离毁灭、告别浑浑噩噩的生活。因此我希望你们端坐在自己的座位上，保持开放的心态问问自己有什么可以改进的地方，思考《圣经》教导自己成为什么样的人。我们远从橄榄山来的朋友帮我们排演了耶稣降生这一幕。所有的男孩都坐好了，闭上你们的嘴。如果我听到谁笑或是说废话，直接关禁闭，绝不留情。我还要欢迎我们监狱新来的两位员工，莫里斯医生是保障我们精神健康的专家，欢迎欢迎。圣·约翰小姐是我们的教育专家，她也许看起来好相处，但我告诉你们，她对付你们那点花花肠子绰绰有余。很快你们会和她见面，这应该足以督促你们保持安静，其他的我就不多说了。"

现在想起来，那时我对监狱长的好感简直让人反胃。我也不知道为什么，也许我是羡慕他的沉着镇定。他看起来总是自我感觉良好，这并不会抵消他的愚蠢，但我想我是被他身上的那种自信所吸引，我很容易被权力左右。我记得监狱长把话筒的连线扯开，然后对一位坐在轮椅中的老牧师伸出手。回想起来，监狱长也许是个同性恋。我听说他要求独自在办公室惩罚男孩，打他们的屁股。不过这是另外一则故事了，也轮不到我来讲。

橘黄色的幕布拉开，露出简陋的舞台背景，看起来像是监狱牢房：一张床，一个小桌子上放着《圣经》。一个脸色煞白的臃肿的男孩穿着标准的监狱制服，一身棉质连衣裤，双手插兜走了出来。他小声地嘟囔着，但我能猜到他的台词是什么，因为几乎每年都一样："噢，我该怎么办？在监狱里服刑三年，这里的男孩都和我一样坏。我有大把时间来计划出狱之后如何报复社会，但我觉得读本书也无妨。"

"你不识字！"正当演员红着脸拿起《圣经》时，前排一个声音大喊道。所有男孩都笑了起来，在座位上互相推搡着。兰迪站了起来，一只手高举着攥成拳头，另一只手伸出手指放在嘴上。演出继续。

台上的男孩坐在底层的床铺上打开《圣经》。舞台上两个小孩穿着袍子向他走来，一个戴着假发，似乎衣服里的肚子上还垫着一个枕头。从我的角度能看到丽贝卡在座位上动了动。看着台上的男孩被如此羞辱我当然浑身不舒服，但我忍受着。和所有人一样，我没有勇气提出异议。扮成圣母马利亚的那个人尖着嗓子指着台下说道："唉，我好累啊，我们能到那个谷仓休息一会儿吗？"神情紧张得像受惊的兔子。观众笑了。扮成约瑟夫的男孩放下背着的包裹，擦了擦额头："总比花钱住客栈强。"

丽贝卡环顾四周，伸着脖子像在人群中找谁一样，我暗自希望她在找我。在昏暗的教堂里我只能勉强看到她的表情。我差点把聚光灯打到她脸上，照亮她微蹙的眉头，她嘟着嘴唇的样子十分可爱。我简直不敢相信其他人没有对她指指点点。莫里斯医生、兰迪还有男孩们怎么会无动于衷，仿佛她不存在一样？难道是我的审美标准有问题？是我失去了理智，眼花了吗？难道她不是这个世界上最优雅最有魅力的女人？我想不通。她继续一排一排地扫视着观众。

演出还在继续，约瑟夫和马利亚僵硬地背着台词，有时候过于夸张。又有几个穿彩色袍子的小孩出现在台上，因为害羞或是无聊低着头，他们的声音淹没在男孩的起哄声中。有一个演员年纪还小，哭了起来，咬着牙，下巴一点一点地。就在那时，丽贝卡皱着眉头站了起来往外走，脖子上的挂坠在她瘦小的胸部上摆动着。我目光追随着她。她的身材

很好，苗条紧实，像个芭蕾舞演员。她走到后面时看到了我，对我挥了挥手，难以置信一样摇着头，嘴里说着什么走了出去。我记得当时自己在想，"我们终于合体了，现在是我们对他们。"既然要和她站在一条战线上，我就要和她一样义愤填膺，至少也要假装如此。我当时就是这么想的。

我并非毫不在乎这些男孩，只是那时我年轻又痛苦，没办法帮他们。事实上，我觉得自己也是他们中的一员，没比他们好或差到哪里去，我只比他们中最大的男孩大六岁。有的男孩看起来已经像是男人了——又高又瘦，刚长出胡须，手掌宽大，声音低沉。他们大多数是来自工人家庭的白人男孩，但也有几个安静的黑人男孩，我最喜欢他们，我觉得他们似乎懂一些其他男孩不懂的事情。他们看似更放松，呼吸更深沉，死亡面具近乎完美，不像其他男孩挤眉弄眼，像学校的坏小孩一样吐口水，打嘴仗。

我常好奇他们对我的印象，我在访问时间站在门外时他们是否注意到了我。他们迟缓呆滞的目光很少投向我这里，更没有人抬眼向我致意。我想也许他们认不出今天的我和昨天的我是同一个人，仿佛有无数长相类似的女孩在扮演我的角色。也许他们在母亲访问时朝我的方向扬起下巴说，那个婊子，而我正好转头看向别处，心里想着兰迪，所以没有听到；也许他们会说，"她是唯一一个我不讨厌的人"；也许他们只是觉得我是个疯子。有时候我彻夜不眠，第二天出现在办公室时顶着宿醉，听到噪声便翻白眼，看到亮光就咬紧牙齿，那可笑的样子绝对可以被当作精神病。我幼稚之极，一心想着自己，一味幻想着黑人男孩会对他们的母亲讲起，艾琳正在经受多么大的痛苦，艾琳似乎需要朋友，艾琳值得被更好地对待。我希望他们看穿我的死亡面具，一直看到我内心深处忧伤而热烈的灵魂，但我怀疑他们压根没有看到我。

　　我承认，作为女生在男子监狱工作有额外的好处。这并不是说我在莫海德的工作让我觉得自己有什么权力，当然我也没遇到桃花运这种事。但在莫海德确实让我略微窥视到了这些男孩的脾性。我时不时像在动物园观察动物一样看他们如何走动、呼吸，看他们如何以微妙的姿势和态度把每个人区分开来。通过观察这些年轻囚犯的行为，我建立了一套自己的解读男性让人困惑的情感的方式。耸肩的意思是"我们秋后算账"；微笑是爱与喜欢的流露，也可能是怒火中烧和极度仇恨的伪装。观察这些男孩能满足我的情欲吗？说实话只有一点点，因为我只在他们进出餐厅和会场或者有访客的时候才会接触他们，我没有机会观察他们自由活动的样子，比如躺在床上休息、在娱乐中心活动、在操场上玩耍，但我估计他们应该会更自在、更活跃、更自然地展现他们微妙、脆弱、幽默的一面。我喜欢看他们痛苦又多变的脸庞，最喜欢看到他们年轻丰满的脸上突然露出如杀手般凶残的一面，这让我兴奋不已。

　　我记不清是不是在那年的圣诞集会上，有一个扮演马利亚的男孩从衣服里抽出枕头，扔在地上坐了上去，还有一个长相伶俐的男孩演哑剧一样表演了脱衣舞——这是他们富有魅力的一面。我走了以后会想念他们吗？当然不会，我的确也没有想过他们。不过那天在教堂我看着他们的后脑勺，确实在思索自己会不会记住他们的脸，他们死了我会不会感到惋惜。如果我有能力会不会帮助他们？我会不会为他们赴汤蹈火在所不辞？虽然这样说很惭愧，但说实话，我不会的。我那时很自私，一心只想着我自己。

　　兰迪站在礼堂的阴暗处。我记得我看着他的紧身裤子，暗想他的下体是不是被他的裤子压迫着。我猜想他为了迁就裤形，一定把下体拨到了一边——我现在回忆不起具体的画面，但我经常研究他裤裆处的褶皱，猜想他选择的是哪一边。男性的身体部位对我来说也不是完全陌生。现在想来，我虽然不记得是否在我父亲的色情杂志上看到过男性的私处，但我想里面一定有隐晦的暗示。我在这方面的知识完全来自生物学的解剖示意图，毕竟高中上了一整年的生理卫生课。我坐在聚光灯后面被烤得汗流浃背，担心我在男人方面缺乏经验会让丽贝卡认为我幼稚可悲。我害怕如果她发现我从没有交过男朋友，会小看我。

　　台上的剧一演完，监狱长又出现了，开始了关于原罪的

漫长说教。我离开我在聚光灯后面的岗位，走出教堂，沿着
监狱走廊希望能碰到丽贝卡。娱乐中心和办公室都是空的。
图书馆里的大部分书都是宗教经卷和百科全书。餐厅空空如
也，长条铁桌上扔着塑料餐具。男孩们的寝室在走廊最深
处。从房间的小窗户看出去，连片的沙丘上覆盖着雪，远处
的海浪隆隆作响，如同悲鸣的风不分昼夜地在山谷回响。我
想象上帝从水中出现，残忍地嘲笑我们。可想而知那景色会
在那些男孩的心里产生怎样压抑的想法。寝室的窗户低到必
须弯下腰或者跪在地上才能看到窗外。我在空房间里听了一
会儿海浪的回响。钟型房间里，四周排列着双层床，地上画
着线，示意男孩们早上点名应该站在哪里，晚上祷告时应该
跪在哪里，去淋浴间和食堂应该沿什么路线走。我走出房间
时踩到了地上铺着的浅蓝色塑料膜，它发出的声响让我以为
自己踩到了老鼠。

　　我记得自己匆忙跑到厨房，从空无一人的餐厅里偷了一
盒牛奶。厨房是清一色的不锈钢设备和机器，景象颇为壮观。
如果男孩们行为不端，就会被罚用双倍的时间擦洗锅碗瓢盆，
待在厨房原先的储肉室里关禁闭，他们管那里叫"地洞"。被
关禁闭的男孩不能出来，除非是洗澡和刷洗碗碟。他们在里
面吃饭，在桶里上厕所。我记得我对那个桶很感兴趣。你应
该已经猜到了，人体"肮脏"的习性深深吸引着我——上厕
所便是其中之一。一想到除我之外还有其他人同样具有排泄

功能就让我觉得不可思议。我好奇每一扇关着的门后面藏着怎样的人体秘密。我记得最早的一段感情经历——算不上是爱情，短暂的交往而已——是和一个极具幽默感的俄罗斯男人交往，他让我帮他挤后背和肩膀上的脓包，这对我来说是极度亲密的行为。在那之前，我年轻且神经兮兮，觉得让男人听到我小便都是种耻辱和折磨，因此这也是深沉的爱与信任的表现。

一个男孩已经在"地洞"里被关了好几周。我走到里面的旧储肉室，原先的不锈钢门被换成了重重的铁门，上面开了一个小窗户，挂着一把锁。波克家的男孩在里面，坐在床上盯着墙发呆。几周前他进莫海德的时候，我认出了他。我父亲一直在《卫报》上追踪他的报道。在司法听证环节男孩一直沉默不语。他给我的第一印象是没有什么特殊的地方。我记得他姿态僵硬，身体瘦削但肩膀很宽，既有男孩的自在，又有男人的粗鲁和自以为是。他右手的关节上是新的文身，但我看不清楚是什么图案。我看着他抬起头，就像在读天花板上写的什么东西一样。他眼睛的颜色很浅，皮肤是橄榄色，棕色的头发剃得很短，神情伤感，似乎在沉思。

莫海德最闷闷不乐的男孩要属那些因为卖淫或流浪而被关起来的。我隔着窗户看着他，猜想着要花多少钱才能买这个男孩的一夜。他长着一双聪慧的眼睛，四肢长而优雅，头若有所思地偏向一边。不管他做什么，我希望他要价不菲。

那个时候我仍幻想着有钱的家庭主妇趁丈夫出差远行，花钱雇男人供她们欢愉。我真是幼稚。我看着那个男孩左右活动脖子，似乎是在放松，样子十分性感。他打了个呵欠，应该没有看到我。直到今天我都不知道他是否知道我的姓名。我看着他躺在床上，翻身到一边，闭上眼睛伸展身体。有一阵子他看起来似乎是睡着了，身体像只小动物一样蜷了起来。我把脸贴在窗户上，想要看清他。我刚喝过牛奶，舌头冰凉地贴在玻璃上。我全神贯注地看了一两分钟，直到走廊传来声音，才匆忙跳起来跑回办公室。我真心觉得那个男孩没有看到我。后来我才知道他只有十四岁，看起来却有十九或二十岁。我对他也没有免疫力。

那天下午，史蒂芬夫人正在穿外套准备下班，我问她那个男孩犯了什么事被关禁闭。

"波克，"她怒气冲冲的，一边说一边往她肥大皲裂的手上戴起球的手套，"就知道惹是生非，龌龊的男孩。"我现在才意识到，原来我一直咬牙切齿地讨厌史蒂芬夫人，不能原谅她。不管她做什么我都觉得是直接针对我，我把她当作我的死对头，尽管我从未实施报复。诚然她一直对我冷漠且不友好，但其实她没有伤害过我，只是天生脾气暴躁罢了。等她和其他办公室员工都下班了以后，我找到波克的档案，文件袋里的纸张微微泛黄。"罪行：弑父。"文件厚厚一沓，大多是弗莱医生的笔记，写着日期、时间、难以辨别的拉丁单词之类的词语。犯罪记录上夹着一张剪报，报道说莱昂纳多·李·波克在他父亲熟睡时割烂了他的喉咙。文件上写着这个男孩没有暴力前科，邻居形容他是个"安静，有礼貌，没什么特别之处"的男孩。犯人照上的他面部阴沉，紧紧抿着嘴唇，嘴角向下撇着，眼神疲惫而涣散。在文件的批注里，我的学生字迹潦草地写着"自犯罪之日起一直保持沉默"。

就在那时，昏暗的走廊响起了魔法般悦耳的声音，如同夜晚的鸟鸣，那是丽贝卡在向詹姆斯道晚安。我试图让自己平静下来。她的高跟鞋声越来越清晰，没过多久，她穿着一件黑色的大衣，手拿着公文包站在我面前。那场圣诞闹剧已经过去几个小时了。我努力微笑，手忙脚乱地整理波克的档案，却没拿稳文件夹，所有的文件都掉了出来，散在肮脏的油毡地毯上。

"啊哦。"我像个傻子一样说。丽贝卡绕过办公桌帮我捡文件。她蹲下来，手伸到史蒂芬夫人的桌子下面，我在后面看着她。她用手搂住裙摆（免得裙子拖到地上），露出细长纤柔的小腿——不像我的腿细瘦得像个孩子。"我的天啊，"她看着手中的档案说，"怎么能杀自己的亲生父亲呢？"她把文件递还给我，眼神似乎洞穿了我的心思。

"谢谢。"我脸红地说。

"不过这故事毫不新鲜。弑父睡母，"丽贝卡继续说道，

"男人的本能太好猜了。"她向我的肩膀靠过来，眯着眼看着男孩的照片，头发像窗帘一般落在我们中间。她把头发撩在身后，发丝像羽毛一样扫过我的脸颊。她咬着嘴唇读出声，"莱昂纳多·波克。"我能闻到她呼吸中烟草和紫罗兰糖果的味道。

"他被关禁闭了，"我告诉她，"我从来没见他出来过，没有人来看他。"

"啊，太可惜了，"丽贝卡说，"我可以看吗？"她在我面前摊开手掌，我把文件夹递给她。

"我只是在整理文件而已。"我笨拙地说，希望她不要怀疑我在偷窥。

丽贝卡翻阅着文件夹中的纸张。我装出很忙的样子，整理桌上的东西，假装在读一张以前的调查问卷。"你最喜欢的明星是？你晚上几点上床睡觉？"

"我要借走这张，"丽贝卡说着把波克的档案装进包里，"当睡前读物。"她打趣说。她系外套扣子时，我坐回办公桌前，紧张得不知所措。"今天的演出真是可以啊。"

"每年都有。"

"简直是对男孩的残忍惩罚。"她边说边把一条羊毛围巾披在肩膀上，把头发从围巾下掏出来。我本想给她留下好印象，但现在觉得自己彻底失败了。我决定下次交谈时，要多说话，要更有趣、更有魅力、更聪明、更幽默、更活泼。

"那明天见了。"她说，踩着高跟鞋走入喧闹的夜色中。

那天晚上回家时，我在兰德家给我父亲买足了酒，然后在杂货店买了一盒紫罗兰薄荷糖和一盒烟。我很少抽烟，但有烦心事时我喜欢抽一两根。我努力忘掉莱昂纳多·波克，但他自慰的画面在我脑海里挥之不去，让我兴奋。我窥视兰迪这么久，想看到的正是这样的画面——他肮脏的样子。我猛地摇了摇头，就好像那些画面能被甩出脑袋，从耳朵中飞出去，留下片刻清净。我不是恋童癖——这个词是我几年前上拉丁语课时学的。我逗留在化妆品区域，看到这里的口红新出了一款颜色，那是一种闪亮的、鲜血般的红色，口红的名字是"激情爱人"。我把它装入口袋。我的——曾经是我妈妈的——大衣袖子很长，袖口又宽，几乎方便我偷任何东西。我这一生一直擅长行窃，到现在我还偶尔从杂货店顺些小玩意儿——牙线、一头蒜、一包口香糖之类的。我没觉得这有什么不好，我这一生中送出去和丢掉的东西也够补偿了。

那天晚上我付钱买了一盒最浅色的粉底：冰雪美人，还羞耻地买了一包卫生巾。结账时我看到一本时尚杂志，封面是一个瘦骨嶙峋、神态忧郁的女人，戴着一顶灰色的毛皮帽子，噘着嘴向上看着，似乎是在回应他人谴责的目光。"如此浪漫……"封面上写道。那顶毛皮帽看起来就像一只家猫。我把钱扔在柜台上。售货员手捏着那包卫生巾，仿佛它很脏似的。柜台上打开的纸袋像一个洞穴，她用手指将卫生

巾推了进去，然后把杂志装入另一个扁平的纸袋。我喜欢那
个袋子。我回到道奇车里，把棕色的纸袋排列在副驾驶的座
位上：酒、卫生巾、杂志。我从口袋中掏出口红，在黑暗中
胡乱涂在嘴上。回到家后，我父亲说，"你亲什么人的屁股
去了?"然后从我胳膊下面一把夺走酒瓶。"这颜色不适合
你。"他讥讽道，然后走回厨房。像莱昂纳多·波克一样，
我一句话都没有说。

星期二

一个成熟的女人就像野狼，所需甚少便可存活；而男人却像家猫，孤独久了就会郁郁而终。多年以来，我逐渐爱上了男人的这一弱点。我试着尊重他们，他们同样情感丰沛，起伏不定但也美好。我倾听并安抚他们，为他们拭去泪水。然而在 X 镇的那个年轻的女孩却从未想过，其他人，不论男女，也会像自己一样感情剧烈且深厚。我对他人没有任何同情心，除非他们的故事能引发我的共鸣，让我沉溺在自己的遭遇里顾影自怜。这样说来，我一点都不成熟。像世界各地的囚犯一样，莫海德的男孩也许被迫互相殴打以供警卫夜间消遣，也许被迫在自己的枕套里排泄，也许时不时会被狱警扒光、吐口水、捆绑、殴打、虐待、侮辱。难道这些我不知道吗？类似的传言时不时浮出水面，但我却从未当真，甚至都没有注意到男孩们被警卫遣送到接待室时戴着手铐。我自己已经快崩溃了，凭什么还要为其他人痛心？我才是那个困在逆境中饱受折磨的人，只有我的痛苦才是真实的，只有我的。

正常情况下，我的周二是这么度过的：我会坐在办公桌前盯着表，第一百次酝酿从 X 镇逃跑的计划。或许我可以把道奇车留在拉特兰郡的某个加油站，车上甚至还插着油枪，然后直接离开，头戴围巾登上从拉特兰开往纽约的火车，不引起任何人的注意。X 镇的人也许会以为我被土匪绑架了，尸首被扔在某条跨省的公路边，或者出现在某个廉价招待所血迹斑斑的房间里。我的父亲会啜泣道："可怜的艾琳。"我想象着。但那个周二我没有想这些事，我满脑子都是丽贝卡。她的出现犹如上帝的福音，指引我的生活实现逆转。我终于不再孤单。我有了一个朋友，一个我敬仰的、可以为之敞开心扉的人，一个同情我的处境、助我披荆斩棘的人。她就像是帮我驶向新生活的船票，而且她那么聪明、那么美丽，简直是我对自己所有幻想的化身。我知道我无法成为她，但能待在她身边已经让我激动不已了。

那个星期二的早晨寒冷彻骨，飘着雪花。丽贝卡轻快地走进办公室，在我慢镜头一样的记忆中脱下外套，像斗牛士般抖了抖，然后沿着走廊向我走来，头发荡漾在身后，目光如剑射穿我的心脏。她真是不可思议。她穿着一件深红色的羊毛大衣，上面的灰色毛皮领子和我在杂志封面看到的一样。她走近时，我紧张地站起来，期待地看着她，就好像我是她的秘书、助手、女仆。她冲办公室的女员工礼貌地点了点头，走向更衣室时与我四目相接，我跟上她。

为此我特意打扮过。我从母亲的衣柜里挑了几件我认为很入时的衣服，当然是深蓝色的，甚至还戴了一条假珍珠项链。我梳过头发，仔细地涂了口红，在唇边拍了点粉免得口红会散。这我记得很清楚，我说过的，我很在意自己的长相，然而讽刺的是，大多数时候我的打扮邋遢得有些过分。"丢人现眼。"我父亲评价。然而那天我觉得自己好看多了，用"时髦"这个词形容也不过分。

丽贝卡的细高跟踩在地板上发出"嗒嗒"的声音，我跟着她走进更衣室，她转向我说："你能帮我打开锁柜吗？我打不开。手笨得要命。"她举起戴着灰色皮手套的手，晃了晃纤细的手指。当时我压根没看出来，其实她是在假装无助，调情一样玩弄手段让我为她服务。我仔细地帮她转开密码锁，高兴得几乎脸红，就好像开锁也是什么值得骄傲的才能似的。

"你怎么知道我的密码？"她问。

锁柜发出一声巨响，门弹开来，我得意地后退一步。

"所有的密码都是一样的。"我说，"不要告诉那些老女人，她们知道了非晕过去不可。"

"你真有趣。"丽贝卡耸了耸鼻子说。她拿着一个公文包和一个小皮包,从皮包里掏出香烟夹放进毛衫口袋。她的毛衫看起来很柔软,估计是安哥拉羊毛或是羊绒织成的,像棉花糖一样轻轻飘在身上。那天是我第二次见她,她穿着深浅不同的紫色:紫红、紫罗兰、薰衣草紫。如果换作别人,我会觉得很轻佻,因为这些衣服都那么贴身、那么优雅,完全不适合监狱的工作环境,毕竟这又不是什么浪漫的场合。但丽贝卡并不轻佻,她是神圣的。她把大衣挂在锁柜里,我盯着她优美的手臂曲线。

"我知道穿毛皮不好,"她注意到了我的目光,"但我实在忍不住。这是栗鼠皮。"她像抚摩猫一样拍了拍大衣领子。

"没有没有,"我说,"我只是在欣赏你的香烟夹。"

"噢,谢谢,"她说,"这是别人送我的礼物。你看,上面刻着我的名字。"她从兜里掏出来给我看。烟夹大概有扑克牌那么大,镶着银色花纹。我想问"是谁送的",但我忍住了。她打开,递给我一根没有滤嘴的香烟——长红牌(Pall Mall),这是我吸过的最粗、最冲的香烟。后来有几年我一直在吸这个牌子。它的商标是两头狮子,中间一个盾牌,上面的箴言——穿过荆棘遥望星空——有种出人意料的美感,总是让我莫名感动。那时我觉得这句话完美地诠释了我的处境,当然这不过是我的幻觉而已。丽贝卡手腕一抖帮我点烟,我很兴奋。她给自己点烟时微微吸着两颊,歪着脑袋，像只正在思考的小鸟。这些细节我记得很清楚。很明显，我为她痴迷，觉得只要认识她我就能告别自己的不幸，就已经在通往救赎的路上了。

"我不常吸烟。"我说着咳嗽了两声。其实我包里装着一盒"沙龙"香烟。

"这是坏习惯，"丽贝卡说，"所以我喜欢，只是不太淑女。抽烟会让牙齿变黄，你看。"她向我凑过来，手指捏住下嘴唇好让我看她的牙齿。"看到变色的地方了吗？都是咖啡和香烟搞的，还有红酒。"然而她的牙齿却很完美，小巧、洁白如纸。她的牙床是光洁的粉色，脸上的皮肤奇迹般平滑，无瑕如婴孩，焕发着光彩。我时不时会遇见这样的女人，像美丽的孩子一样，无辜地圆睁着眼睛。她的脸颊轻柔、饱满而紧实，淡粉色的嘴唇弧度优美却有些干裂。这点不完美让我暗自失望，但也松了口气。

"我不喝咖啡，"我说，"按理说我的牙齿应该很好，但因为我有吃糖的癖好所以牙齿都烂掉了。""癖好"根本不在我的日常词汇范畴，我说这个词时有些难为情，担心丽贝卡看出我故意掉书袋，嘲笑我。然而她接下来说的话几乎让我的心高兴得飞了起来。

"啊，我可真看不出来！"她微笑着，两只手放在腰间，"你这么娇小，我真羡慕你的身材。"那一刻我如同身处天堂。她继续说："当然，我也很瘦，但我是高瘦，长得高有好处，可是大多数男人都比我矮。你有没有注意到，如今男人越来越矮了？"我点了点头，想不出怎么回应她，于是翻了个白眼作为附和。她把皮包放在锁柜里，关上柜门。"他们都和小男孩一样，真正的男人很难找，稍微像点男人的也难遇到。和你说实话，"我屏息聆听着，"我忘记我的密码了，但我不会再麻烦你的，我知道你有更重要的事情做。我把密码写下来放在桌子上了。现在我要去他们昨天分给我的办公室，这我也不需要帮忙，我只要闻着气味就能找到，旧皮子的味道。"她停顿了一下，"我的办公室隔壁是布拉德利的办公室，里面有个旧皮沙发，你应该知道，都褪了色了，简直'弗洛伊德'，"她睁大眼睛讽刺道，"我是说，早就过时了。"

"布拉德利？"我不记得布拉德利·莫里斯了，那个秃头，是弗莱医生的接班医生。他很瘦吗？按照丽贝卡的标准，他算是真男人吗？我不知道。丽贝卡和他之间发生了什么吗？

"新来的精神医师，"丽贝卡说，"和你说实话，"——又是这句话——"我觉得他还不够精神，你知道我的意思。"我过了一阵才反应过来。这是在评论他的长相吗？我像个羞涩的小女孩一样窘迫，不知道该说什么。看到我一脸茫然，丽贝卡几乎道歉一般说："我是说他没精打采的，我开玩笑的，他看起来是个好人。"

我痛恨自己这么紧张，反应这么迟钝。我想解释说我很聪明，看过很多书，上过大学，知道弗洛伊德是谁；说我不属于这里，我很特别，我很有趣。但如此辩解却显得很幼稚。

"我没进过那间办公室，"我说，"弗莱医生总是锁着门，只有男孩才能进去。"我没有她反应那么快，没有风度可言，平庸又无聊。除了身高，我没有什么让丽贝卡印象深刻的地方。我完全可以问关于她的事情，她在莫海德做什么，怎么会对监狱的工作感兴趣，她的目标、计划和梦想是什么，但那个时候我的脑子根本不知道往这里想。我不懂礼仪，也不知道怎么交朋友。

"随时来办公室找我，"她继续说道，"如果门是关着的，那就是我在和男孩们一起工作。"

"谢谢，"我用尽可能成熟的口吻说，"我下次路过的时候会去打招呼的。"

"艾琳，"她说，一根手指指着我，"对吧？"

我脸烧得通红，点了点头。

"叫我丽贝卡。"她说着，眨了眨眼，踩着高跟鞋走开了。

我又羞又喜，简直要晕过去了。她记得我的名字，这对我太重要了。我完全忘记了莱昂纳多·波克的档案的事。早上我还满心希望丽贝卡能把档案还给我，免得史蒂芬夫人发现档案不见了来拷问我。但现在我还在乎这个？我有了一个真正的朋友——一个懂我，欢迎我，和我心有灵犀的人。许多年后，我一遍又一遍地回放这段对话，还有其他我和她之间发生过的所有对话，试图搞明白几天之后将发生的事情，然而那个当下我十分快乐。认识丽贝卡就像学跳舞、听爵士乐，就像第一次恋爱。我一直期待着我的未来会绽放无比灿烂的光芒，而现在我感觉这个梦想就要实现了。丽贝卡改变了一切，她将带我穿过荆棘遥望星空。

我必须把那天早上和丽贝卡的交谈暂时放在一边，因为那天早上莫海德有访客，我必须工作。我回到办公桌时，接待室已经坐了一群哭哭啼啼的母亲和烦躁不安的小孩。我记得有一个母亲来看她十二岁的儿子，他纵火烧掉了整栋房子。他个子很矮，有着胖脸颊、棕色头发，脚像鸭掌一样，上嘴唇已经冒出胡须。我仔细看了看他新长出的胡须，想到了我自己的上嘴唇。我原来经常用镊子拔我的汗毛，我对着镜子拔汗毛的时间都够我写本书了，甚至学法语都够了。我的眉毛又淡又细，所以不用拔。我听说眉毛浅淡是犹豫不决的表现，但我宁愿相信那是心态开放的象征。在那本封面是毛皮帽子的时尚杂志里，我读到一篇文章说有的女人用铅笔把眉毛画得又粗又黑，我觉得真是荒唐。站在访问室门外，我用拳头有节奏地敲打着胯骨处突出的关节，这个动作不知为何能给我力量，让我相信自己有着与众不同的权力。

那个小纵火犯坐在他妈妈对面，刚开始和其他所有年轻的男孩一样，眯着眼睛闷闷不乐，一动不动地对着墙架着胳膊，一副不可侵犯的样子。然而他们一看到母亲痛苦的脸，便不可抑制地哭了出来，小纵火犯也是如此。他妈妈从口袋里掏出一条手绢从桌子上递过去。兰迪冲进房间，张开一只手坚定地挡在男孩面前，另一只手拦住那个母亲伸出去的手。"对不起，"他声音单调地说，"这里不允许这样做。"

"你离开时可以和他拥抱告别，"我插嘴说，"但出于安全考虑，你不能给他任何东西。"我演练了好几段这样的说辞。

当然监狱没有规定禁止孩子们用手绢，我知道我说的话不是真的，但我那么年轻，被公立学校、我父亲和他的天主教信仰变成了思想上的囚徒。而且我害怕被惩罚、被拷问、被孤立，所以谨遵莫海德的每一条规定和流程，每天按时上下班。没错，你可以说我是小偷、变态、骗子，但当时没有人知道。我只会更加严格地执行所有的规则，以证明我有着至高的道德准则，文明守纪，根本不是会撩起裙子随地大小便的人。

我深谙监狱禁止男孩们接受礼物是为了使他们绝望，好加以控制。监狱长见缝插针地对男孩们传教。他说，只有一个绝望的灵魂才会忏悔自己的罪过，如果忏悔足够彻底，男孩们就会屈服，就会听话，就会愿意改过自新。那时我觉得

他的逻辑很站得住脚。说到改造，改造男孩，改造任何人，
最不称职的当属监狱长、弗莱医生和莫里斯医生——虽然我
一直不认识莫里斯。很遗憾，其中也包括丽贝卡，她可能是
最糟糕的人选，但这已经是后话了。没错，最初丽贝卡对我
来说像个梦一样，强大而有魔力，正是我想成为的样子。所
以，没有手绢，没有玩具，没有漫画、杂志、书，让男孩们
哭去吧。毕竟我也从未感受过温情，凭什么这些男孩比我得
到的还要多？兰迪走出接待室时我盯着他的裤裆看。他叹了
一口气。

　　"我没事。"小纵火犯用制服的袖口擦了擦脸，说道。
他母亲啜泣着。我记得她戴了一条白丝巾。丝巾掉下来时，
露出了脖子上烧伤的粉色和黄色的痂。

　　当钟表显示过去七分钟的时候，访问结束了。每次访问
持续七分钟，我估计这个数字应该有什么宗教含义吧。我向
詹姆斯招招手，他把小纵火犯押送回娱乐中心或是其他什么
地方，然后把下一个男孩带了进来。兰迪站在门口，我等着
那个哭哭啼啼的母亲签字离开。她的尖酸刻薄在签名里暴露
无遗。之前的签名仔细利落，离开前的签名却僵硬、潦草而
粗暴。每次都是这样，每个人都是七零八落，每个人都在受
苦受难。几乎每个悲伤的母亲身上都有伤疤，她们的孩子在
监狱中生活，而这些伤疤正如徽章，见证了她们的心碎和痛
苦。我努力对这一切视而不见。如果我想要保持平静和正常

的话就必须这样。当我极度沮丧的时候总是浑身颤抖直冒汗，我自有控制情绪的办法。我会找个空房间，咬牙切齿地掐自己的乳头，拼命踢自己的腿，就像跳康康舞那样，直到我觉得自己愚蠢透顶，被羞耻感淹没。这招每次都很奏效。

兰迪挠了挠自己的胳膊肘，斜靠在访问室的门框上。我看着他，突然认识到一件事：我不再爱他了。我一心崇拜着丽贝卡，在我眼中，兰迪突然变成了无名小卒，黯淡得如同茫茫人海中的一张寻常面孔，与我毫不相关，我就好像看一张报纸的剪报太多遍失去了兴趣。爱情有时候就是这样，一瞬间消失得了无踪迹。以后这样的事情也发生过——恋人从我满是喜悦与温存的床榻离开，只端一杯水的工夫，回来却发现我已冷漠如陌生人，空虚而淡漠。爱情亦可死灰复燃，但破镜永远无法重圆，复合之后的感情在愈合中总是伴随着猜疑和自我嫌弃。

詹姆斯回来的时候，我惊讶地发现他从走廊领过来的男孩正是莱昂纳多·波克。莱昂纳多双手铐在身后，走路姿势十分随意，甚至有些欢快。他比我想象中的还要高，姿态松弛绵软，带着年轻人骨骼还未发育硬朗的笨拙。他的步伐奇怪地跳跃着，脸色明亮而轻松，那种清醒与平静是我从未在其他男孩脸上看到过的。我十分钦佩他的那种放松的内敛。他看起来快乐、冷漠、刀枪不入，就好像没有什么事会令他烦扰。而与此同时，他仍是那个我之前在"地洞"里看到的沉默的男孩，带着在床铺上自慰的那种天真的漫不经心。我在他脸上搜寻着，希望看到他满足的面具下面藏着的秘密，却徒劳无获。

詹姆斯领着他走过等候区的玻璃窗，当他们经过窗户那边的波克夫人时，莱昂纳多微笑了一下。我想象着这个男孩站在他父母漆黑的卧室，手持厨刀俯视着他熟睡的父亲，月光在刀刃上泛着寒光，如同闪电。他利落地挥刀而下，划开他父亲的喉咙。这个看似古怪温顺的男孩会做这样的事吗？兰迪把他带进接待室，让他坐在椅子上，打开他的手铐，然后站在门口。

"波克夫人？"我叫道。

一个女人从等候区的座位上站起来向我走来。尽管她看起来平淡无奇，给我留下的第一印象却无比清晰。她的黑裤子上褶皱很多，紧紧地绷在大腿处；毛衣看起来像块阿富汗地毯，五颜六色的方块排列在胸部和硕大的肚子上。她胖而邋遢，引人嫌恶，虽算不上肥胖，但大腹便便的，看起来肿胀、疲惫又紧张。她走路时姿势僵硬，因为胖而左右摇摆，胳膊上挂着一件棕色的外套，没有拿皮包。她走进房间时我看到她盘成髻子的头发后面粘了许多绒毛，口红是廉价的紫红色。我直直地盯着她的脸，揣测着她的智商。因为她胖，我想她应该很蠢——我到现在都觉得胖人是暴饮暴食的傻瓜，但她的眼光却很犀利，是清澈的蓝色，和她儿子一样有种说不出来的怪异。他们的眼睛很像，脸上都长着雀斑，嘴唇丰满。她把外套递给兰迪时看起来很紧张，我拍了拍她示意她坐下，手掌触碰到她背上的一个又软又长的突起。我突然有种奇怪的冲动，想给她一个安慰的拥抱，但我克制住了。她看起来古板又可怜，像只待宰的母猪。

"可以了。"我告诉她。她从兰迪手中接过外套，坐在莱昂纳多对面，管他叫"李"。波克夫人眼神闪烁不定，而男孩只是微笑着。我看了看母亲又看了看儿子。如果丽贝卡的俄狄浦斯理论成立的话，那也许是我太不了解那个年代年轻男孩的品位了，因为波克夫人根本不值得任何人为她杀人。但也许是李·波克精神失常，没人知道他是怎么想的。他的面具就像长在脸上，不像我的死亡面具毫无生气，也不像家庭主妇和精神失常的妇女，面部僵硬又故作高兴。李不像一些男孩那样有着一副人若犯我我必犯人的凶恶表情，或是一脸甜腻地假装脆弱敏感，好像别人一拳就可置自己于死地。他脸上的平静与满足看起来并不像是伪装，十分诡异。

波克夫人紧闭着眼睛叹了一口气，似乎是在拼命忍住眼泪。过了一会儿，她两手叠放在桌上，开口说话。然而走廊处却传来一阵高跟鞋的响声，所有人都停下来转过身看向走廊。丽贝卡趾高气扬地走过来，一只手拿着笔记本，一只手夹着香烟。我、波克夫人和兰迪一动不动地看着她走来。刚开始是摆动的身影，近了看到她一身紫罗兰色衣服，褐色的头发在肩膀上摆动着，一脸严肃安静。我看到她紧紧抓着笔记本，像一只蜥蜴抓着岩石一般，似乎十分紧张。她试着微笑，但眼神闪烁不定。原来她除了美貌之外，其他方面也只是常人罢了，这点让我感到慰藉。我惊讶她时间掐得如此之准，是她请波克夫人来的吗？丽贝卡拿莱昂纳多的档案做什么了？她对我和兰迪点点头，站在门口我们两个人中间，抱着笔记本。她看着那对母子，头也不抬地在笔记本上写写画画，手指间的香烟缓缓燃烧着，她漫不经心地把烟灰弹在地上。

波克夫人说话时仰着头。我不记得她说了什么，她说得不多，无非是波克的堂兄堂弟怎样怎样，可能还提到了钱，没什么重要的事情。她的儿子一直保持沉默。波克夫人叹了口气，一副懊丧的样子，绝望地盯着墙。我试图看清丽贝卡在本上写了什么，但她的笔迹却龙飞凤舞难以辨认。我之前从没见过速写，权当她是假装记笔记，在纸上胡写乱画，我完全看不懂。弗莱医生来接待室时从来不记笔记。我猜想着丽贝卡为什么会出现在这里，而布拉德利医生却从未出现。

他们大概沉默了有一分钟的时间。男孩盯着他母亲放在桌子上的手，波克夫人仰起脸，直直看着李的眼睛。她的皱纹长而松弛，就好像是大而圆的脸泄了气，留下沟槽一样的褶皱。她哭了起来。我就算听到也不记得她说了什么，但我估计是"你怎么能这样对我"之类的。她的声音轻柔而悲伤，然后她清了清喉咙，大声呜咽着。她拿纸巾的时候，我注意到她的手很小，皮肤红肿开裂。她擤了擤鼻涕，然后像个生气的孩子一样把纸巾团成一团，猛地塞回口袋。那一瞬间她忽然让我想起了我阴晴不定的母亲。她总是在地下室洗衣服，上一秒还在开朗地放声歌唱，下一秒就咒骂着，用脚猛踢墙。她们一样表里不一，说一套做一套。

丽贝卡停止涂写，重心放在一只脚上站着，另一只脚的鞋跟在地板上旋转着，捻灭烟头。兰迪用余光看着她的那只脚，至少我是这么觉得。丽贝卡用嘴咬着铅笔，我转过头，正好看到她嘴里破裂的泡沫，她的牙齿咬住铅笔的橡皮头，口腔像孩子一样干净、粉嫩、青春、美丽。我被深深地刺痛了，心中燃烧着忌妒。当然兰迪会选择丽贝卡而不是我，爱上丽贝卡是件容易的事。我戴上死亡面具，满心羞耻。七分钟访问时间到了以后，我在门框上敲了敲，兰迪示意丽贝卡靠边站，让波克夫人出去。波克夫人挤了几滴眼泪，然后更像是对我们而不是对李说了一句"都怪我"。李抬头看了看表，面无表情。

我跟着波克夫人回到办公室，转身看到丽贝卡走进接待室，坐在李对面那把空着的椅子上。她和李说着话，他低着头听着，微笑渐渐消失了。他们看起来好像十分默契，但什么时候变得这么亲密？丽贝卡刚到莫海德，却已经俯身凑近他，脸微仰着，仔细地看着他的脸，眼睛闪闪发光。我把波克夫人带到办公桌边上，递给她一支笔，看着她签上名字：
芮塔·P. 波克。她的笔迹没有因愤怒而潦草，而是随意且
漫不经心。她没有回头看她儿子，而是疲惫地眨了眨眼，像
是下班一样轻轻叹了口气，把大衣搭在肩膀上走了出去。我
想象她回到家织着一件丑陋的毛衣，每漏一针都咬牙切齿地
骂着脏话。我很同情她，凭直觉我就知道这个寡妇只有李这
一个独子。

按照程序，我示意詹姆斯准备下一个男孩的访问，但丽
贝卡还在和李说话。李转身，双手放在桌子上。我走进房间
请他们离场，突然间充满了勇气。我清楚地看到李的指关节
处文着"LOVE"（爱），于是感到深深的不安。我没说话，
只是看着他吸了吸鼻子，猛地用手掌擦掉脸上的眼泪。丽贝
卡把手放在他肩膀上，另一只手放在桌子下面他的膝盖上。
光天化日之下，而且我就站在那里，她竟然敢和男孩靠那么
近，手放在他身上，身子俯得那么低，男孩只要抬抬眼就能
瞟到她的衣服里面，我简直难以置信。他们真的没有看到我
吗？那个男孩为什么丝毫没有紧张不安？他看起来十分自
在，这让我怎么好打扰他们呢？我低下头看着地板。詹姆斯
带着下一个男孩进来的时候，在门框上轻轻敲了敲。

"抱歉，"我终于说道，"我们要用这个房间。"

"没问题，"丽贝卡说，然后对着李小声说道，"我们可
以到我办公室继续聊，你想喝可乐吗？"李点了点头。"我

去给你拿瓶可乐。"她说。他们起身时，兰迪拿着手铐进来。
"噢不，"丽贝卡说，"不必了。"然后拉着李的胳膊进了走
廊，留下詹姆斯目瞪口呆，难堪地站在原地。我清了清嗓
子，指了指他身边的下一个男孩。我看着李没精打采地迈着
步子走远。这一切都太奇怪了。我有些生气，因为我不明白
发生了什么，比起我，丽贝卡似乎更在乎李·波克。

余下的时间里，我脑海中一遍遍地重演那一幕：丽贝卡
凑近男孩，头发散落在肩膀和身后，近到他一定能闻到她身
上沐浴露的味道、她的香水味、呼吸和汗味。她一定感受到
了他的回应，在她手的触碰下，他肩膀越来越紧张，胸膛随
呼吸起伏着，浑身散发着热量。但我不明白她把手放在男孩
的膝盖上是什么意思。如果我不在那里，只剩他们独处的
话，她的手会不会揉捏他的大腿，然后沿着他的裤缝上移，
轻轻地包住他的下体？而他会不会把丽贝卡的头发撩开，深
吸着她颈上的气息，嘴唇微张？他会不会亲吻她的脖子，把
她的脸捧在手心，用他写着"LOVE"的男子气的手指抚过
她纤细的手腕、胳膊、胸部，亲吻她，把她拉近自己，抚摩
她的全身，然后她躺在他怀里，身体温暖而柔软？他们会这
样做吗？

我发挥所有的想象力，想着他们如何背叛我，先是对丽
贝卡，然后对李心生忌妒，如此摇摆不定。我已经认定丽贝
卡是我的了，她就像是我得的安慰奖、我的船票，而她和那

个男孩之间发生的事情却威胁到了这一切。他们在哈佛就是
这么教丽贝卡的吗？用魅力赢得男孩的好感，然后再教育他
们？我试图相信这是什么新方法、自由思想之类的。但越想
越觉得荒谬。她对他说什么了？短短几天他们关系能有多
近？丽贝卡做了什么赢得了李的信任？

　　我想象着丽贝卡办公室中的场景，想知道里面发生的事
情。访客来来去去。我觉得自己被抛弃了，感到一阵恶心，
我就是这样戏剧化。我想我最好还是不要去探个究竟，免得
给自己带来更多痛苦。我又幻想着开着道奇车冲下悬崖坠入
大海，那多刺激啊，足以让他们知道我是个勇敢的人，不甘
墨守成规。我宁死也不愿站在他们中间，坐在看似整洁的监
狱里工作，在看似漂亮的马路上开车——不，这不是我。我
站在那里几乎要哭出来了。就连帅气的兰迪和他身上的烟草
与皮革香也不能让我开心起来。

　　然后我瞥见了那个笔记本，丽贝卡把它落在桌子后面的
窗台上了。最后一个访客离开之后，我一把抓过笔记本，沿
着走廊走向丽贝卡的办公室，庆幸自己找到了这么一个天衣
无缝的借口去打探他们的事情。我希望李还在办公室里，这
样我就能当场抓住他们，我不知道自己想发现什么。我把耳
朵贴在门上，努力想听到呼吸呻吟之类的人们做爱时发出的
声音。我从没听到过我父母做爱，即便有也是悄无声息的，
他们就像银行抢劫犯和手术医生一样。我什么都没有听到，

于是敲了敲丽贝卡的门。

"噢艾琳!"她雀跃着打开门,说道,"你还好吗?"

我后退了一步,觉得自己像个惹人烦的孩子。我把笔记本递给她,她接过来向我道谢,说希望我没有打开看。

"当然没有。"我告诉她。反正我也看不懂——笔迹和鸡爪子写的一样难以辨认。

"我逗你玩的,"她笑道,"这是我的秘密。"她把笔记本贴在自己胸口。她笑的样子很特别:头向后仰着,下巴洁白光滑、棱角分明,像是陶瓷的边缘一样;先是眯着眼睛快乐的样子,然后圆睁着那双魔鬼般漂亮的眼睛,微微颔首,说不清是洋溢着喜悦还是嘲讽。我转身离开,但她一只手放在我肩膀上拦住了我。顿时一股电流从我的后背蹿了下去。多少年了,都没有人这样触碰过我。我瞬间原谅了她和李对我的背叛。我听到李在里面清了清喉咙。

"那么,"她说,"你今晚下班后想一起喝一杯吗?这镇子这么阴冷,我谁都不认识,如果你愿意的话,我想请你喝杯鸡尾酒。"她说话那么考究、那么神秘,我也想模仿她的语气。"那么"、"鸡尾酒",那个时候没有人这样说话。如果她看起来伪善,那么事实也确实如此,她做作得要命。回想起来,她对我说话时那种卖弄的口气简直有辱我的智商。"见鬼去吧。"但那个时候我却觉得自己受到邀请,将要加入一个精英们的美丽新世界,从来没有人向我发出过这样的邀请，我受宠若惊、惊慌失措，就如同听到有人对我说"我爱你"一样，兴奋又害怕。我满心感激，压根没有想到我晚上对我父亲应尽的职责。我只是说："好的。"

"好的？我弄疼你的胳膊了吗？"丽贝卡开玩笑地说。她把门打开了一点，我能看到李坐在她桌子前的一把椅子上，翻着一本图画书。他看到我时，举起书挡住了自己的脸。

"当然好，"我说，"七点左右在欧海拉可以吗？"我震惊于这些话是怎么从我的嘴里说出来的。我暗自希望我的死亡面具没有掉下来，祈祷我的语气波澜不惊。欧海拉是当地工人常去的地方，光线灰暗，摆着木质椅子。顾客大多是警察、消防员和造船厂的工人，身上散发着汗和盐混合的刺鼻味道。两个单身女性在欧海拉这样的地方一定会引来奇怪的目光，甚至更糟。但我心意已决。我算是工人，也算是小孩，但我不是懦夫。"那是镇上唯一一个酒吧。"我补充道。

"好极了。"丽贝卡悄声说。她开玩笑地使了一个眼色，就好像我们一起要做什么坏事一样。"回见。是这么说的吗？"她关上了门。

这可是非同寻常的事情。要知道我就是人们口中没用又呆板的疯子、扫把星。我晚上从不出门。即使在上大学的时候，跳舞也要有监护人陪同。我宿舍里的女孩都觉得离经叛道的人都是风流的妓女，贪婪而不知廉耻，是世风日下的表现。光顾欧海拉这样的地方会让人们说闲话的。但如果丽贝卡可以这么做，那我也可以。我有什么好怕的？我提前下了班回家换衣服。我打算换上裙子，补补妆，翻出我母亲的香水。这样打扮其实蠢得要命，一个女人打扮得花枝招展，不是疯子就是怪人。

我也不是没有去过欧海拉。酒保桑迪长得很粗壮，行动迟缓，脸上痘印很深，戴一个金色的十字架，喜欢和人调情。我来过这里几次。第一次的时候我还是小女孩，我父亲下班后在这里和其他警察喝啤酒，我进来叫他回家，我母亲就坐在车里等着。后来我父亲醉酒不愿别人送他回家，我只好来接他。我记得有一年秋天的晚上，周末我从大学回家，我母亲叫我去酒吧找父亲。月光洒满街道，我开着车，我父亲把头放在我的肩膀上，告诉我说我是个好女孩，他爱我，他对不起我，他知道我配得上一个更好的父亲。开始我很感动，但后来他的手放到了我的胸上。我把他的手打到一边去。"别胡闹，卓妮。"他说，身子陷在副驾驶座位里。这件事我没有告诉任何人。

那天离开莫海德之前，我喝完锁柜里的苦艾酒，开车去商店给我父亲买金酒和啤酒，顺便给自己买苦艾酒。去欧海拉见丽贝卡之前我紧张得要命，要喝点酒壮胆才行。回到家，我把酒放在我父亲身边。他在摇椅里睡着了，脸挤在靠垫上，眉毛高耸着，额头上挤着皱纹，身子在法兰绒浴袍下面歪斜地扭曲着。我尽量安静地上楼洗澡。这里我有必要澄清一点：我不是同性恋，但我深深地被丽贝卡吸引，我崇拜她，渴望她的关注和赞赏。你也可以说我是暗恋她。丽贝卡就好像是马龙·白兰度、詹姆斯·迪恩、玛丽莲·梦露。在这样的人身边，任何人都想让自己干净漂亮。我担心如果丽贝卡也像对李一样靠我那么近，会闻到我身上没洗澡、来了例假的味道。但如果她白天已经闻到了又什么都没说呢？我怎么才能知道呢？我又应该怎样假装我不知道她闻到了我身上的气味？我可怜的下体。我的身体已经做好了生育的准备，但这在我看来是如此的粗俗。我觉得如果丽贝卡知道我来例假的话，我会羞愤而死的。我一边搓洗全身，一边胡思乱想。

洗完澡，我用毛巾包住头发，听到楼下传来我父亲窸窸窣窣的声音，我暗自希望不用和他说话就能溜出家门。那天晚上家里的安静简直要算我听过的最好听的声音了，只有水管里轻轻的流水声和窗外呼啸的风声。像往常一样，我从母亲的衣柜里选出我觉得好看的衣服：一件高领的黑色羊毛裙，上面别着一个由一圈树叶围成的金色胸针。我梳了梳还没干的头发，涂上新口红，穿上一双偷来的新袜子，然后站在我母亲满满的鞋柜前犹豫不决。她的鞋比我的大一号半，可是我除了又脏又旧的运动鞋和雪地靴以外再没别的鞋了。我穿上雪地靴，虽然觉得自己看起来十分蠢笨，但毕竟现在是冬天。我从母亲的衣柜里选了一件黑色的披风，抓起皮包，轻轻关上门，然后跑向车子。外面冷得要命，等我跑到车道，头发已经冻成了冰条。我关上车窗，憋气开着车，头发像虫子的尸体被踩到一样在我的耳边咔嚓作响。我把车停在欧海拉对面一盏坏掉的路灯下面，对着后视镜又涂了一遍口红，然后穿过冰面走向酒吧。

我打开门走入黑暗而温暖的喧嚣，看到丽贝卡跷着腿坐在高脚凳上，对面坐了一桌邋遢的男孩（他们似乎都紧张得冒汗），而她微笑着摆弄手里的酒杯。他们都穿着常见的蓝色、灰色或是红色的厚羊毛外套，戴着针织帽或是垂到耳边的那种帽子，脸都因风吹日晒而皲裂通红。他们四个人在听丽贝卡说什么，我听不清楚。

"啊，艾琳！"她看到我后大喊道，声音穿过烟雾和圣诞颂歌飘了过来。自动点唱机里分不清楚是佩里·科莫还是弗兰克·西纳特拉的歌声。我走向她时，吧台上的那群男人根本不看我，只是一动不动地看着丽贝卡，但我还是觉得自己好像很重要似的，甚至像个明星。丽贝卡不理她的那群仰慕者，从高脚凳上转过来向我挥手，就好像我是她很久不见的好朋友，好像她正在一艘海船上凭栏望过来，终于看到我以后有说不完的话。她点了一杯马提尼。我仔细地观察她拿酒杯的方式，她跷着中指和小指，就好像在出席优雅的酒会，和欧海拉的环境格格不入。她还穿着上班的那套衣服，但把头发拢起来梳成了辫子。她的外套放在身边的椅子上，我走近时她转过身，拿过外套放在她左边的毛帽和皮手套上面。"我把两个座位都占住了，免得有人想坐过来，你知道我的意思吧。来，坐下，你喝点什么？"

"我喝啤酒吧。"我说。

"啤酒，真爽快啊。"丽贝卡说。对她来说啤酒反而是个稀奇的选择。很明显她来自一个富裕的家庭，根本不在乎别人怎么看她。她的教养和从容的举止无疑把她归入了上层阶级，至少比我和欧海拉的顾客高出一大截。她凌乱的红头发有种不加修饰的美，所以看起来不像是自以为是的人。桑迪向我们走来，擦了擦手，把毛巾搭在肩膀上，手肘撑在吧台上凑近丽贝卡。

"还喝点什么，甜心？"他忽略我直接问丽贝卡。丽贝卡都不正眼看他，把手放在我的手上。我吃了一惊。她的手温暖而柔软。

"天哪，你简直冻坏了，"她说，"你的头发还是湿的。"她转向桑迪，"麻烦要一杯啤酒，再来一小杯威士忌吧，让我的女孩暖和暖和，你说呢，嗯？"她微笑地看着我。"你能来我很高兴。"她捏了捏我的手，然后身子向后倾着好像在审视我一样，脸上的表情很奇怪。我解开披肩时，她说了一句，"噢你漂亮极了！"

我脸红了。我根本不漂亮，她只是好心罢了，这让我很难为情。我喝着威士忌。"我以为这个地方很难找，但其实很容易，"她唱歌一样说道，然后指着墙上一个毛绒鲨鱼说，"看这多有趣。其实有点悲哀。但也不是很悲哀。"她自顾自说个不停。不断有男人站起来凑在她身边的吧台上，但她就好像没有注意到他们一样。有人在点唱机上点了一首《孤独先生》。鲍比·温顿的歌。我一直厌恶那首歌。我小口小口地快速喝着啤酒，丽贝卡抱怨着新英格兰冬天太冷，抱怨结冰的路。能和她坐在一起听她说话我就已经很满足了。

过了一两分钟，她上上下下打量着我的脸问道，"你还好吗？"

"噢我挺好的。"我说。丽贝卡看着我，等我继续说下去，于是我想到什么便说什么。"我的车出了毛病。"当时我只想到这一句，"所以我开车时必须摇下窗户，不然车里都是废气。"

"毫无疑问，这太糟糕了。再喝一杯威士忌吧，我强烈建议。"她向桑迪招了招手，指了指我们的空杯子，"你先生不能帮你修吗？"

"我没有结婚。"我十分难堪地告诉她，担心桑迪听到。很明显我没有结婚，她只是逗我玩儿罢了。

"我不愿意想当然，有些人对单身有看法。"她字斟句酌地说，"我本人不觉得这有什么大不了的。我就是单身。"她用指甲拨弄着玻璃杯的杯脚，"我只是对婚姻不感兴趣罢了。"

"可别让那些男人知道了。"我说，同时为自己的诙谐
吃了一惊。我一直留意着吧台上的那些男人，他们交头接耳
地好像在谋划什么。他们都看着很眼熟，说不定是卓妮的朋
友，但我不知道他们的名字。

"你真幽默。说实话，"丽贝卡继续说，"我一直都是单
身。身边有男人也纯属玩乐，不会长久。我不管在哪里做什
么事情都待不长，这就是我的生活方式，也可以说是我病态
的地方——看我和谁说话了。"她停下来看着我，"我和谁
说话呢？我在和谁乱扯呢？"她戏谑地瞪大眼睛。

"艾琳。"我无辜地回答，然后意识到她在拿我的沉默
寡言开玩笑，我脸红了。

我很高兴丽贝卡没有结婚，对找未婚夫也不感兴趣。那
个时候的女孩无非就是处心积虑地钓金龟婿。我好奇她以前
有没有结过婚。我喜欢想象她的丈夫是个矮小木讷的人，最
有可能是个犹太人，因为我觉得她需要的正是那种聪明、严
肃、神经质、控制欲强的丈夫，而他对她在社交场合展现的
魅力全然不感兴趣。桑迪在我面前放下酒。

"都算在我账上。"丽贝卡在酒杯上方画了个圈说。

"算他们的。"桑迪朝那桌男人的方向点了点头。

"噢，不，"丽贝卡说，"那可不行。押金在这里。"她
把一张二十美元的钞票推了过去。桑迪没有接，又调了一杯

马提尼——说不定是他这辈子调的第二杯马提尼。这些画面我记得很清楚，我讲这些是因为从中能看出丽贝卡是如何吸引我、成功地获取我的信任的。她先是挑起了我的忌妒，又将之打消。先是完全忽略酒吧的那些男人，又进而否定掉了所有的男人，让我不再猜忌她和李的关系，也消除了我对她偷走兰迪的恐惧。她啜着饮料，拨弄着刚放在柜台上的美钞。"男人和他们的钱啊。"她知道什么时候该说什么话，"说了这么多我的事，说说你吧，你在莫海德工作多久了？"

"三四年？"我记不清了。我的过去在丽贝卡的面前毫无可取之处。"我母亲生病以后我搬回来住，本来只是临时工作，"我解释，"但后来我母亲去世了，我继续留在监狱工作，时间就这么飞走了。"我故意提高声音，让语气听起来欢欣雀跃。

"噢亲爱的，"丽贝卡摇了摇头，"听着太糟了，监狱可不是打发时间的好地方。天哪，而且你的母亲去世了。你一定很想赶快逃离这里吧？"

"我在这儿待着挺开心的。"我喝着啤酒撒谎道。

"要知道我也是个孤儿。"丽贝卡说。我没纠正她说我父亲还在世。"我小的时候父母双亡，淹死的。"她说，"我叔叔把我养大，在西部阳光充足的地方。我一直不懂你们一个冬天一个冬天是怎么熬过来的，简直太可怕了。阴冷黑暗，我都快疯了。"她讲起大海，说她有多爱沙滩，小时候一连几个小时在阳光下的沙滩玩耍。然后说到她搬到剑桥，和女朋友们在查尔斯河上划船。她赞美这里的植被和历史，讽刺知识分子"顽固不化"，说她和新英格兰之间是一种奇怪的恋爱关系，却只字未提她在哈佛的学业和她的工作。"这里十分务实，是不是？容不得幻想，容不得感性，但这也正是吸引我的地方。这里有历史和荣耀，却没有想象的空间。"

我只是听着。我有威士忌，有啤酒，身边还有丽贝卡，几乎不在乎她对这个地方、对我家乡的评价。我只是点着头。当然她大错特错。没错，我们新英格兰人性情紧张，但我们有定力，会合理利用想象力，不会浪费脑力幻想魔法之类没用的事情。我能举出的学者、作家和艺术家数不胜数，何况还有我呢，我也在场啊。但我没说什么。我就在那儿呆坐着，跟着音乐抖着脚。过了一会儿她说，"不好意思我喝太多了，我一喝多就容易话多。"

"没关系。"我耸了耸肩说。

"总比不说话强，"她说着对我挤了挤眼睛，"开玩笑的。"她在椅子上转了一圈，撞到了我的腿，但我根本没觉得受到冒犯。"真正不说话的人是莱昂纳多·波克，你今天看见他了吧？"

我点了点头。丽贝卡对李·波克产生兴趣的同一天，他母亲正好突然出现在莫海德。这巧合仍然让我觉得蹊跷，但我觉得自己没有权力问问题，毕竟我只是个文秘而已。

"你怎么看他和母亲见面的场景?"丽贝卡问,"很奇怪,"她眯着眼睛看着我,"你不觉得吗?"

我耸了耸肩。我仍为自己在"地洞"偷窥那个男孩感到羞耻。那天透过小窗,我看到他囚服下面的手,看到他半闭着的困倦的眼睛。一想起那些画面我都会心跳加速,甚至是因之兴奋,因兴奋而羞耻(令人羞耻的兴奋)。"我不知道,"我说,"也许他不说话是因为没有什么好说的。你知道小孩受到的教育,没什么好说的就闭嘴别说。"

"他们是这么教育小孩的?"丽贝卡做了一个恶心的表情,"唔,我猜李是不是在保守着什么秘密,或者他是因为被关禁闭所以保持沉默,又或许他只是为了折磨他母亲,他没机会割断她的喉咙所以故意让她痛苦?我看了所有他的档案。"

"这也说得通,"我说,"最可怕的就是一个人不愿和你说话。至少我受不了这样。"我没有告诉她我父亲常常一连几天陷入沉默,目光扫过我时就好像我是隐形的一样,不论我如何央求都不理我。"我做错了什么也请告诉我啊。"丽贝卡没有追问我细节。

"波克夫人看起来很生气吗?"她问。

"她看起来很沮丧。但所有来访的母亲都很沮丧。"我告诉她,不懂丽贝卡究竟想要说什么。

"也许他不说话是为她好,他的沉默是某种保护。你知道我的意思吗?"她若有所思地点着头,目光在我脸上搜寻答案。"秘密与谎言?"她伸出一根手指蘸到酒杯里,吮吸着。"我和你讲,亲爱的,"她说,我脸红了,"有的家庭极其变态扭曲,唯一的出路就是有人死去。"

"男孩到底还是男孩。"我只能想到这么一句。丽贝卡只是笑。

"我今天下午问监狱长莱昂纳多的事情,他也是这么说的。"我很惊讶。她喝完那杯马提尼,在凳子上转了一圈,面对那桌男人点燃一根香烟,姿势变得突兀而魅惑。她对着低垂的天花板吐了口烟。"我问他——"她开口道,突然提高声音,斜眼看着那群男人。他们突然僵硬起来,擦了擦嘴,努力打起精神。"莱昂纳多做了什么被关禁闭这么久。他和你说的一样,艾琳。"她把手放在我的膝盖上一动不动,就好像那只手找到了安息之所一样。"男孩本性难移。我敢说是和性有关,他触犯了什么道德禁忌,他们不愿向我们透露这种事。莱昂纳多脸上有那种神情,你懂我的意思吗?"她问。

我当然十分震惊,但我完全明白她的意思。就在昨天,我刚透过小窗户看到莱昂纳多的脸。"我懂。"我告诉她。

"我就知道你应该会懂。"她说着向我挤了挤眼睛,捏了捏我的腿。

"你说你叫什么来着?"一个男人吼道,打破了我们之间私密的谈话。丽贝卡举起手来放在胸前，睁大眼睛。

"我叫什么？"她问，放下腿又跷起来。男人们在座位上一片骚动，像狗一样期待着。"我叫艾琳，"她说，"这是我的朋友。"她的手伸过来。我的手仍然很冰冷，在腿上不安地扭动着。"你们认识我的朋友吗？"

"你叫什么，甜心？"一个人问我。

我无法形容和丽贝卡坐在一起多有趣，一桌男人都听凭我们调遣，至少看起来是这样的。

"告诉这些男孩你的名字，亲爱的。"丽贝卡鼓动我。我看她时她向我眨了眨眼睛。"我的朋友今天有些害羞，"她说，"别害羞，丽贝卡，这些男人不咬人。"

"除非你叫我们咬人。"第一个男人说，"不过杰里缺了颗牙。给她们看看你的豁牙，杰里。"杰里坐在离我最近的地方，笑了笑，掀起上嘴唇露出他缺了牙的豁口，样子十分滑稽。"好了好了，杰里。"他朋友说着拍了拍他的肩膀。

"那是怎么搞的，杰里？"丽贝卡问。桑迪在吧台上又给我们放下几杯酒。我很快喝完了我的。我的酒量一般，但一旦开始就停不下来，可能我那个时候已经喝醉了。"你和你老婆打架了吗？"丽贝卡调笑他。

男人们都笑了。"没错，你猜对了。她老婆手劲和拳王差不多。"

"噢天哪。"丽贝卡摇了摇头，转过身拿起马提尼，对我偷偷挤了挤眼睛。"敬杰里。"她举起酒杯说。所有人都举起酒杯欢呼。趁他们喝酒的片刻，我看了看周围，为我的新角色感到难以置信，我竟然成了一个被欢呼声包围的女人。

"听我说，先生们，"丽贝卡继续说，"你们有人会修汽车排气管吗？你们看起来都挺能干的。"

"你汽车出毛病了？"杰里问道，像个十二岁的小孩一样说话漏风。

"不是我的车，"丽贝卡回道，"我朋友的。告诉他们。"

我摇了摇头，藏在我的啤酒后面。

"你说你叫什么来着，亲爱的？"一个男人问我。

"丽贝卡。"我回答。丽贝卡笑了。

"想跳舞吗，丽贝卡？"她问我。

就在那个时候，点唱机像变魔术一样响起音乐。我放下酒杯。我也说不清自己从哪儿来的跳舞的勇气。我从未跳过舞，明显已经喝醉了，丽贝卡不费吹灰之力就把我拉离了座位，现在想来仍然不可思议。我跟着她走到点唱机旁的一小块空地上，拉着她的手，由她领舞。我们一边摇摆身体一边欢呼，我咯咯地笑着，每隔几秒钟停下来难为情地用手遮住脸。我感觉我们跳了有一个小时。开始跟着欢快的舞曲大笑，后来随着抒情的爱情歌曲跳着华尔兹。最初我们的舞步还有些夸张讽刺的意味，但最终彻底放松在悠长感伤的旋律中。我看着丽贝卡平静而痛苦的脸。她闭着眼睛，手搭在我的肩膀上，内心像是有天使与魔鬼在同时斗争一样。我惊诧地看着她。丽贝卡和我转着小圈跳着舞。我扶着她的腰，手腕轻轻挨着她的身体，不敢使力，手指僵硬地向外伸着，不去碰她。吧台上的男人们刚开始像着了迷一样兴奋地看着我们，但很快就疲倦了。没有人试图过来和我们跳舞。音乐停止的时候，我觉得天旋地转。丽贝卡和我又坐下来。我仍然紧张得魂不守舍，一口气喝完了所有的威士忌和啤酒。"我喝得够多了。"丽贝卡把她的马提尼推到一边。我把我那杯也喝了——是金酒。

桑迪走过来，把零钱找给丽贝卡。

"你爸爸怎么样？"他问我。

"这是你哥哥吗？"丽贝卡十分震惊地问我。

"没有，他只是认识我父亲。"我解释道。

"镇子真小啊！"丽贝卡咧着嘴笑道。

我从不信任桑迪。他看起来很爱多管闲事。这家酒吧不是他说了算，但文件上写着他的名字：桑迪·布罗根。我不喜欢他。他似乎小声说了句，"我很久没见他了，不知道是厄兆呢还是另有原因。"

"另有原因。"我说，穿上我的披风，戴上帽子。我觉得自己胆子壮了一些。"我能跟你要根烟吗？"桑迪向我抖了抖他的烟盒，我抽出来一根，他给我点上烟。

"好姑娘。"丽贝卡说。

"这是个好孩子。"桑迪附和着点头。他真是个傻子。

我笨拙地抽着烟，像个九岁的孩子一样手掌僵硬地向外张着，夹着烟。把烟举到嘴边时，我盯着烟头，眼睛对了起来。我开始咳嗽，涨红了脸，和丽贝卡一起大笑。她扶着我的胳膊。

站在街上，丽贝卡转身面向我。夜晚寒冷漆黑，积雪和繁星如同象征希望和奇迹的银河，在她身后闪闪发光，而丽贝卡正是银河的中心。她充满生气，可爱极了。"谢谢你，艾琳。"她说，看我的眼神有些奇怪。"你让我想起一幅荷兰画家的画。"她凝视着我的眼睛说，"你长得古怪，与众不同，虽然平淡但很耐看。你的神情中有种美丽的混乱，我很喜欢。你的梦一定很精彩，你的梦中一定别有洞天。"她头向后仰着，发出一阵邪恶的笑声，然后甜甜地笑了。"说不定你会梦到我，梦到我早上后悔的样子，我打赌明早我一定会后悔自己喝酒，但我还是喝了，这就是生活。"我看着她钻进车里疾驰而去，我只能记起那是一辆双门的黑色汽车。

但我还不想回家。夜晚刚刚开始，而我充满醉意。我终于是个重要的人了。我回到欧海拉，经过那群喝醉的男人。他们笑着拍着桌子，啤酒洒在外面。我坐在丽贝卡的位置上，座位上还有一丝她的余温。桑迪推过来一个烟灰缸，把一个酒杯的垫布拍在吧台上。我攥紧拳头，手冻得通红。

再后来，我的记忆已经跳到了第二天。我从方向盘上醒过来，车停在家门口的雪堆里，身边的座位上有一摊冻成冰的呕吐物，丝袜上到处都是脱丝。后视镜里的我看着像个疯女人，头发四散，口红抹到了下巴上。我对着冻僵的手哈了口气，关掉车灯。我伸手向下拔钥匙的时候发现钥匙没有插在车上。我的披风不见了，车的后备厢敞开着，皮包也没了踪影。

星期三

　　房门是锁着的。透过窗户我看到我父亲在厨房的椅子上睡觉，冰箱门大敞着。有时候炉子热得让人出汗，他会打开冰箱门降温。我父亲的脚上——穿着鞋。他只有在周日才会在他妹妹的监护下去教堂，其他时候，只要他穿着鞋就意味着有麻烦了。他对人构不成暴力威胁，但一旦出门就会做些被监狱长称为"不道德"的事，比如在某户人家的草坪上睡觉，在杂货店糟蹋节日贺卡，打翻糖果售卖机之类的。

　　他做得更出格的事是在孩子玩耍的沙盒里小便，站在主干道上对着过往的车大喊大叫，向狗扔石头。他一出门，警察都会找到他把他送回家。每次门铃一响我都会打个激灵：X镇的警察站在门廊，我父亲醉醺醺地摸着胡子，眼睛对成斗鸡眼。我来应门时，警察会摘下帽子，小声和我说话，而我父亲则冲进家找酒喝。如果警察决定逗留一会儿说说话，他们会握住我父亲的手，拍拍他的肩膀，假装衷心关爱我父亲，对他充满敬意。"常规检查，长官。"他们会说。如果有警察敢表达一丝担心的意思，我父亲会把他拉进来，滔滔不绝地讲流氓阿飞、恶棍、家里奇怪的声响，抱怨他的身体，心脏不好、后背酸疼，而我——他女儿，又是如何冷落他、虐待他、盘算他的财产的。"你们让她把鞋还给我！她没权力这么做！"只要他一转向我，抖着手想掐我的脖子，警察就会点点头，转过身关上房门离开。他们没人有胆量质疑我父亲幻想出来的僵尸、流氓、鬼影、恶棍。我估计即使我父亲杀了人，他们都能放他一马。那些警察——文明世界的狱警，正是所谓的"美国精英"。坦白说直到今天，没有比警察敲我房门更让我害怕的事情了。

那天早上我一遍又一遍地按门铃，但我父亲却一动不动。我猜想钥匙就在他浴袍的口袋里，或者更糟，他像我一样把钥匙挂在脖子上，仔细想想简直是现成的上吊绳索。说真的，那天我完全可以走着去上班。办公室里没人会对我的样子多看一眼。没人在乎我。

我转到房子后面想打开地下室的门。我弯下腰用力拉门，顿时打了个嗝，胃里有东西翻涌了上来。那天早上真是不堪回首，最恶心的正是我醒来以后，满嘴都是的呕吐物味道。我没戴手套，用手砸开积雪上的薄冰，把雪塞在嘴里，头痛欲裂。就在那时我回想起了前一天晚上：丽贝卡、桑迪、我又回到酒吧。我记得自己坐在吧台上，男人握着拳头为我点燃火柴，火光中我手夹沙龙烟摇晃着；我记得我的羊毛裙——也有可能是其他男人的毛衣——扎着我的脖子，我躺倒在地板上，大笑着。"丽贝卡。"有人叫我，我回答道，"是我，宝贝儿。"整晚我都在扮演丽贝卡。我完全换了一个人。

如果我现在通宵狂饮，身体会吃不消的。我不知道那个时候我是怎么挺过来的，但我知道我感觉到的羞耻绝对比宿醉要严重。我把昨晚零星的记忆抛在脑后，一心想要进到家里。地下室的门当然是锁着的，我想用鞋跟踢烂一扇后窗，但觉得我的身高不够，无法把胳膊伸进窗户把锁打开。我想象自己的胳膊被玻璃划破，血喷溅在雪上。如果我在后院快要流血而死，我父亲肯定不会责怪我的。我想到积雪被鲜血染红的画面，一阵反胃。我弯下腰呕吐，但吐出来的都是些黄色的胆汁。我想起车里冻成一坨的呕吐物，太阳穴突突直跳。我用裙子的袖子擦了擦嘴。

我再次回到前门，按门铃的时候却发现我父亲不在椅子上了，他在躲我。"爸?"我叫道，"爸!"我不能声音太大，免得邻居会听见。时间正是早上，送小孩上学的母亲和开车去上班的男人很快就会看到那辆老道奇车停在雪堆里。车没什么问题，但明显停车的人脑子有毛病。

周围人已经对邓洛普一家人有些看法了。几年来，我们家从不锄草，从不修剪树篱，虽然我父亲之前是警察，但他作为一个正直公民为国家服务的名声也无法改变这一事实。为了面子上过得去，每个夏天会有邻居过来帮一两次忙，这些我都知道，但他们这样做纯粹是因为尊重我父亲，同情我这个瘦骨嶙峋又嫁不出去的女孩。整个街区只有我们一家门口的灌木丛上没有一串灯，客厅的窗户旁看不到闪闪发光的圣诞树，门上也没有挂花环。万圣节的时候我买了糖果，甚至都没有小孩来按我们家的门铃，最后我一个人坐在阁楼上吃掉了所有的糖果——嚼一嚼然后吐了出来。和我父亲一样，没有一个邻居是我所喜欢的，不管是那家路德教教徒还是别的人家，尽管他们给我们帮忙还送礼物。我觉得他们都是伪善的人，看不惯我年轻还这么懒惰，开起车来整条街道都是废气。但我不愿他们看不起我，我不想成为他们茶余饭后的谈资。我想着，我必须要在引起别人注意前把车停回车道，然后在我父亲看见之前把座位清理干净。

当然他已经看到了。我估计他整晚都在等我回家，在我不省人事之后过来把车钥匙拔了出来。我一下子想通了：他是怕我那天晚上一氧化碳中毒，是他救了我的命。鬼知道他出来的时候引擎是不是还燃着，这完全是有可能的。我醒过来的时候车窗是关着的。又或许他只是想要自己的鞋所以才拔的钥匙。但我仍然愿意相信那天晚上他作为一个父亲的本能战胜了他的自私和疯狂，保护我，让我活了下去。我宁愿相信这个故事，而不是什么机缘巧合，但现实和奇想之间往往只有一线之隔。不管怎样，我心存感激，能活下来真好。刚开始我害怕我父亲会说什么，害怕他要我做什么回报他的救命之恩，但我想到了丽贝卡。有丽贝卡在，我再也不必跪求我父亲的宽恕。他大可对我大喊大叫，但他伤害不到我。我是有人爱着的，我想。

我继续敲房门，但父亲还是不理我。我翻过砖砌台阶旁边的铸铁栏杆，跳到灌木丛后面，透过客厅窗户看向家里。窗户几年都没有擦过了。我用手指融掉玻璃上的一块冰霜，但里面的灰尘太厚，还是看不太清楚。我看到的影像十分古怪——我父亲裸着上身，虚弱苍白，骨瘦如柴，身体僵硬，手里拿着一个酒瓶摇摇晃晃地走过客厅窗户。他似乎胸部鼓起了一些，他转过身的时候，我仿佛看到他身上有大块紫色的瘀伤。他能一直活着已经足以说明他有多固执了。我猛敲窗户，然而他只是挥了挥手走了过去。最后，我从客厅一扇脏兮兮的窗户钻了进去。那窗户并没有锁，真是奇怪。

我知道，我是个成年人，没有宵禁时间，也没有家规约束，有的只是我父亲独断的臭脾气。他一旦脾气上来，就非要我屈服，直至接受他"发明"的各种侮辱性的惩罚才肯罢休。比如不让我进厨房，让我冒雨走到兰德再走回来。在他眼中，我只能做一个女儿本分内的事，除此之外任何享乐之事都是罪不可赦。对他来说，我有了个人意志就是对他的终极背叛。我是他的护士、助手、看门人。他唯一的需求是金酒，而我们家从来不缺酒——我说过了，我是个好女孩——但我的存在本身对他来说就是种冒犯。甚至《国家地理》杂志都是他抱怨我任性的借口。"共产主义者。"他边翻杂志边叫我。我知道他那天早上很生气，但我不在乎。我站在门厅的地毯上，蹭着鞋底。"哎，"我叫他，"你看见我的钥匙了吗？"

他从储物间走出来，拿着一个高尔夫球杆，重重地走上楼梯，坐在最上面的一级台阶上。他真正怒不可遏的时候会变得很沉默，像是暴风雨前的平静。我知道他不会杀了我，他不会真的那样做的。那天早上他看起来很清醒，而他清醒的时候尤其刻薄。他坐在那里，用高尔夫球杆叩击着台阶旁的扶手。我不记得他坐在那里时我们具体说了什么，但我记得我用手挡住自己的脸，以防他把球杆扔下来。

"爸，"我又问了一遍，"能给我钥匙吗？"

他从走廊的那摞书里捡了一本向我砸了过来，然后又走进我母亲的房间拿了一个枕头扔了下来。

"做好准备。"他说着又坐回台阶上，在栏杆上重重地敲着高尔夫球杆，像狱警用警棍敲击牢房的铁栏杆一样。"把那本书从头到尾读一遍，不然哪儿都不许去。"他说，"每个字都给我读出来。"那本书是《雾都孤儿》。我捡起书，打开扉页，清了清嗓子，然后停了下来。一周前我会听话地照做，读上几页，一直到他觉得口渴。然而那天，我只是把书放了下来。我记得我仰头看着他，依旧用手挡着脸。透过手指，我瞥见他铁青的脸。我很懊恼。

"你看见车钥匙了吗？"我问，"我上班要迟到了。"

他气到几乎整个身子都红了。他脚上穿的是磨旧了的黑色牛津鞋。

"你几乎把车撞烂了，睡在自己的呕吐物里夜不归宿，现在倒是担心上班迟到了。"他的声音中有种奇怪的克制和郑重，"我都没法看你，真为你羞耻。连奥利弗·崔斯特也会为住在这个房子里心怀感激，但是你，艾琳，你好像觉得自己可以想来就来，想走就走。"他的声音十分嘶哑。

"我和办公室的一个女孩出去了。"我告诉他。我本不该这样说，但估计我是心里自豪，故意想要刺激他。

"办公室的女孩？你觉得我昨天才出生吗？"

我不愿为自己辩解。换作以前，我会哀求他原谅，为了宽慰他我什么事情都做得出来。"我错了！"我会哭着跪下。我早就学会了夸张的表演，只有我如此作践自己他才会满意。然而那天早上，我并不打算在他面前贬低自己。

"说吧，"他说，"他是谁？在你出卖自己的灵魂、怀上他的孩子之前我至少要知道他的名字。"

"拜托了，把钥匙给我好吗？我要迟到了。"

"穿成这样你哪儿都别想去。说真的，艾琳，你吃了豹子胆了？那是你母亲在我父亲的葬礼上穿的裙子。"他说，"你对我，对你母亲，对任何人，尤其你自己，没有一点尊重。"他的手松开高尔夫球杆，球杆滚落楼梯的声音把他吓了一跳。然后他开始浑身颤抖。他的手放在身子下面，低下头。"垃圾，艾琳，垃圾。"他呻吟着，我以为他要哭了。

"我给你拿瓶酒。"我说。

"他叫什么，艾琳？告诉我那男孩的名字。"

"李。"我想都没想就回答。

"李？就叫李？"他眯着眼，左右摇着头讽刺我。

"莱昂纳多。"

他咬着牙，下巴凸出来，搓着手掌。

"你满意了？"我说着放下挡着脸的手，好像撒个谎足以抵御我父亲的爆发，"钥匙？"

"钥匙在我浴袍兜里，"他说，"赶紧换衣服，我可不愿别人看见你这身打扮，他们会以为我死了。"

我在空壁炉里找到了父亲的浴袍，拿到钥匙，从前门的一堆垃圾里翻出我的皮包，穿上外套，然后回到车里。呕吐物已经开始融化了，正好蹭着安全带，恶心极了。我所有的衣服上都是那种味道，直到几天后我抛弃道奇车消失离开，那气味还在我身上久久不散。我没打算去商店买酒，反正早上那个时间商店应该还没开门，但我必须把车头从雪堆里挖出来，那可不容易。虽然那天晚上我父亲可能救了我的命，但他明显不在乎我过得好不好。我知道，他能做的不多。对于唯一一次我请他不要对我挑三拣四，他发出一阵狂笑，第二天早上他便假装心脏病发作。救护车来的时候，他正坐在沙发上抽烟。他告诉医护人员说他很好，"是她搞的鬼把戏。"他们互相握了握手。

我把车从雪堆里移出来以后，开车回到了欧海拉。我如果聪明一点，会就此消失，驱车一直奔向我的自由，有谁能拦得住我？但我还不能离开，我不能离开丽贝卡。我把车停在酒吧门口走了进去。

酒吧里一片黑暗，只有窗户上黑漆剥落的地方透进来星星点点的光。空气中啤酒的腐臭味让我的胃里一阵搅动。桑迪站在吧台后面，正在喝一杯水。

"我能借一瓶金酒吗？"我问他。

"你回来了。"他说。他的笑容让我毛骨悚然，看着就像是有恋童癖的变态。

"我爸要喝酒。"我说。

"你们两个女孩昨晚把我的金酒都喝光了，"桑迪咯咯地笑道，"你爸能相信吗，嗯？"

"有别的酒能借我吗？"

"我有金酒，亲爱的。"他说话时语气像个父亲。他走到吧台里面，弯下腰消失了一会儿，然后拿着一瓶高登金酒回来了。"就当是圣诞礼物吧,给你父亲,不是给你的。这礼物配不上你。"他说,"但是你得先和我喝一杯。"他说着,放下两个小酒杯,猛地一扭瓶盖,打开酒瓶,瓶盖与瓶身分离时发出骨头断裂的声音。"和我喝一杯,然后剩下的都是你的。"他把酒杯推到我面前。我一饮而尽。酒精烧灼的味道像肥皂水一样,但至少能盖过我嘴里胆汁的苦涩。"好孩子。"桑迪说。他递给我酒瓶时,抬起一只手抚摸我的脸。我猛地向后闪。

"告诉你父亲这是我的礼物,好吗?"

"我会告诉他的,"我说,"谢谢。"

那是我最后一次见他。之后的几年,我总是在想自己会不会刻意遗忘了什么关于他的记忆,也许是他用沾满啤酒的手抓着我,嘴贴在我身上,舌头深入我的喉咙,令人作呕。谁知道呢?桑迪,不论你被埋在哪里,我希望你没有惹祸上身,但如果你惹了麻烦,我相信你已经为之赎罪。最终,每个人都会偿还自己的债。

回到家后,我把酒瓶放在厨房的餐桌上。我父亲似乎睡着了,但正当我出门时,他突然从摇椅上跳了起来,猛地伸出手抓住我的手腕。

"你说的是莱昂纳多?姓什么?"他问。

"波克。"我犯了蠢。

"波克。"他重复道。我能看到他生了锈的脑袋拼命转着。他摇了摇头，"我认识他吗？"

"我觉得你不认识。"我说，然后从他虚弱的手腕里挣脱，跑上楼梯。我听到他打开金酒的声音，松了口气。我估计不消片刻他就会用酒冲掉他脑海中我们之间的对话。后来他再也没提过波克的名字。我暗自希望我消失以后，他会后悔自己没有追踪这条线索。"我早该知道她惹上麻烦了。"我想象着他这么说。

我从洗手池下面抓了几块抹布回到车里，把呕吐物从副驾驶座位上一股脑儿推到雪里。我惊讶自己能如此轻易地处理掉这整坨东西，但座位上留下了一摊污渍。我把洗衣粉撒在上面，盖上一条毛巾。整个过程我一定一直在反胃干呕，但我清楚地记得自己之后冲去洗澡，又一次拼命搓洗自己的身体——污秽已经发酵了一整晚，把头发里干掉的呕吐物洗干净。我的手还是冻僵着的，拧毛巾时又肿又胀使不上力。海军蓝色的丝袜已经撕得破破烂烂，在浴室的瓷砖地板上如同鬼影。我迅速穿好衣服，梳了梳湿头发，抓起外套和皮包跑回车里。

也许我没必要和你讲那天早上我干了什么，但我喜欢回忆自己活动的样子。我现在很老了，不再充满活力，也不再贸然行动。现在的我很优雅，动作节制，有种优美的精确感，但我很迟缓，像只美丽的海龟。我不再浪费我的精力，生命对我来说很宝贵。话说回来，我准备回到车里时看见一辆巡逻警车堵在行车道上。我吓坏了。警察是巴克·布朗。我记得他和我一起上过小学。他又高又大，反应迟钝，说话时牙齿走风漏气，眼睛困着还没睁开，嘴角泛着唾沫。他是那种故意装傻的男人，好骗你降低对他的防备。我很讨厌那种人。他把帽子戴正，两个手插在兜里。

"女士，"他开口道，"能和你说句话吗？"警察说话总是很正式。他们认识我这么多年从来没有叫过我的名字。任何如此谨遵礼仪的人都不值得信任。"和你父亲有关。"巴克说。当然和我父亲有关。

"我听着呢，巴克。"我不耐烦地说。我想笑一下，但是太累了，而且讨好他也没什么用。在遇到丽贝卡之前，我脾气不好也不敢展现出来，因为那会让我紧张又羞愧。"你想干什么？"

"和枪有关。"他说。

我走神想象着自己没有及时带酒回来，我父亲已经对自己开枪，倒在地下室血流不止。或许他还把厨房的电话摘了下来，拨通警局叫道："我不活了！"这便是他的遗言。当然，前一秒钟我还看见他活得好好的，还有力气折磨我。

"枪怎么了？"我问。

"我们昨天晚上来的时候你不在。"他责备地看着我说。我真的很鄙视他，鄙视所有人。顿了一下，他解释说，"昨天下午我们接到你们邻居的几个电话，还有学校校长打来的，说邓洛普神父，"他停了下来，"邓洛普先生坐在窗前，"他指了指客厅的窗户，"用枪对着放学回家的孩子。"

"他在里面，"我说，"你去和他说吧。"但也许我没那么强硬，也许我说的是"我的天哪"，或是"上帝"，或是"我很抱歉"。我现在很难相信那个假惺惺、易怒、易被利用的女孩是我。这就是艾琳。

"女士，"他又这样叫，我都想吐唾沫在他脸上了，"我和你父亲谈过了，"他说，"他同意把枪交给你保管，只要你答应不用在他身上，这是他的原话。"

我不明白为什么要把事情搞得这么麻烦。我觉得枪又没有上膛，他应该没胆量那么做。但我知道他仍定期擦洗他的枪。

"女士，"他说，指了指房子，"我必须把枪归在你名下。"

"什么意思？"

"上级命令立刻把枪交给你，马上就到孩子上学时间了。"我从来没有如此迫切地想去监狱上班。"用不了你多少时间。"巴克说着和我走到前门走上台阶。

进了家门，我向我父亲喊道，"爸，有人来找你。"

"我知道是什么事情。"他边说边从厨房颤颤巍巍地走出来，浴袍上沾满了壁炉的炉灰，脸上一副醉酒的微笑。我知道那副表情是顺从的意思——嘴唇紧闭着咧向两边，眯着的眼睛几乎是闭着的，看起来甚至有几分高兴。他打开门廊的柜子，一阵窸窸窣窣的声音后，他把枪拿了出来。"给，"他说，"是你的了。"

"非常感谢，长官。"巴克说。这仪式让我觉得滑稽而荒唐。"我相信邓洛普小姐会悉心保管武器的。"

"如你所见，她对所有事情都是如此。"我父亲说着用枪在破败的房间里画了个圈。巴克警惕地退后一步。我想象着他头上的冰柱瞬时断裂，直刺入他的头骨。我父亲把枪递给巴克，巴克把枪轻轻放在我张开的手里。

我从未碰过我父亲的枪，从未碰过任何枪。那把枪很沉，比我想象的要沉多了，冷冰冰的。开始拿枪时我有些害怕。那个时候我不知道那把枪是什么型号，但我清楚地记得它的样子，木制枪柄上刻着"邓洛普"的字样。后来我在书里查到那是一把史密斯威森军警十型左轮手枪，枪管长四英寸，重近一公斤。我逃走之后，又保管了它几周，然后把它扔下了布鲁克林大桥。

"可以了。"巴克说着摇摇晃晃地走回了警车。

我父亲拖着步子走开了，自顾自咕哝着什么，然后对我清楚地说道，"今天真幸运啊，艾琳。"他说的没错。我把枪装进皮包里，不知道除此之外自己还能做什么。我以为我父亲会大闹一场把枪夺回来，但我只听见厨房里玻璃杯的声音，然后是他坐在躺椅上发出的响声。也不能说是这把枪让我心神不定，这把枪在家多年，我都麻木了，但现在把它拿在手里我仍然觉得怪异。我轻轻关上前门，小心着头顶的冰柱，然后离开家。我父亲虽然颠三倒四，但估计就在我清理车里的呕吐物时，他把鞋放在了门廊上，也许是为了提醒我的责任。毕竟我是他的护工、看守、监护人。

我在开车去上班的路上，思索着这把枪能给我带来什么益处。我父亲在警队时常年佩戴这把枪。我长大时，餐桌上这把枪甚至有它自己的位置——我父亲坐在一头，母亲坐在他对面，卓妮和我坐在一侧，另一侧就放着这把枪。后来，在他退休后的几年间，他在房间里走来走去，总是把枪放在皮套里贴身戴着。等红灯时，我小心翼翼地把枪从包里取出来，想放在储物盒里。但看到里面那只冰冻的老鼠之后，我改变了主意。那只小动物一直待在那里，直到一切结束。它没有什么象征意义，但我记得它的小脸——它长长的鼻尖、大张的嘴、细小的牙齿、柔软的白耳朵，那也许是我最后一次见它了。我把枪放在腿上开着车。那把枪让我产生了微妙的改变，它能安抚我，让我平静下来，估计这对任何人都是如此。我把车停在莫海德的停车场，也许是宿醉让我疲懒，我没有把皮包和枪锁在后备厢里，而是把它们带进了监狱，放在我的桌上。每次我伸手去摸那把枪时，那丑陋的棕色牛皮都让我既害怕又兴奋。

莫海德的那天早上和其他早上应该没什么区别。宿醉让我头疼欲裂，每次脚步声响起，门一开吹进一阵风，我都先是一阵畏缩，然后抬头，睁大眼睛期待着丽贝卡走进来。但她却没有出现。我急切地想再见到她，好知道昨天晚上并非一场梦。我几乎能嗅到自己身体里散发出的兴奋，如同火柴点燃时硫黄刺鼻的味道。有丽贝卡在身边我怎么能离开 X 镇呢？也许我离开的时候她能跟我一起逃走，我想着。她不是说她在任何地方都待不长久吗？我们在一起可以很快乐。我幻想自己一到纽约就会换一身装扮。我想象着我会穿的衣服，会剪的发型，有必要的话再染个头发或者戴个假发，戴一副假的框架眼镜。愿意的话我可以把名字也改了，我想。任何名字都和"丽贝卡"一样好。我告诉自己，我有时间安排自己的未来。我想，未来会等我的。那天早上我走进洗手间补口红的时候，门发出尖锐的响声，丽贝卡推门进来，迈着摇摆舞的步子走到我身边，镜子里她的脸和我的脸并排在一起。

"你好呀，老伙计。"她对着镜子里的我说道。她总是在开玩笑，幽默风趣。

"早上好。"我说，当下决定我要让自己显得自信、幽默，好像和她一样精致，一样时髦。

"你看我穿着节日的衣服可爱吗？"她转了个圈问我。她穿了一件红色的羊毛套裙，脖子上戴了一条绿色的围巾。"好晕啊。"她说，夸张地扶着头。

"很可爱。"我点了点头说。

"可惜我压根不信耶稣。"她说了句类似的话，"我觉得孩子们倒是都很喜欢圣诞节。"她昂首阔步地走进隔间，小便的时候还在继续说话。我听着她说话，镜子里我的脸变得通红。我擦掉口红，那颜色太亮了，我父亲说的没错，一点都不适合我。我看起来就像小孩在玩母亲的化妆品。"我想问你圣诞夜有什么打算吗？"丽贝卡继续说，"我们放假。"她冲了水出来，丝袜上面露着衬裙，大腿就像十二岁的孩子那样细而紧实。"你明天想在我家喝一杯吗？我觉得这样挺好的。当然，除非你另有安排。"

"我没有安排。"我告诉她。多少年了我都没有庆祝过圣诞节。

丽贝卡挽起袖子，从胸前的兜里拿出一支笔。"这样，你写下你的电话号码，这样我就不会弄丢了。除非洗澡，但我没这个打算，"她说，"我只有在去医院或者有男士来访的时候才会洗澡，天气实在太冷了。可别告诉别人。"她举起胳膊，脖子伸向两边的腋窝处，样子十分好笑，然后举起一根手指到嘴边，像是在告诉我不要说话。

"我也是，"我说，"我有时候喜欢让自己在污垢中发酵，这就像我藏在衣服下面的秘密。"我想，丽贝卡和我，我们是同类人。她把笔递给我，伸出胳膊让我写在上面。我抓住她苍白细瘦的手腕，在她干净柔软又紧致的胳膊上写下我的电话，觉得自己像是玷污了纯洁的婴儿。白炽灯下，我的手冻得红肿且粗糙。我把手缩在毛衣袖子里。

"我今天早下班，"她说，"明天给你打电话，我们玩个痛快。"

我仿佛看到一张奢华的桌子上摆满了美味佳肴，一个穿燕尾服的服务生把酒倒在水晶高脚杯里。我如此幻想着。

中午，我开车去附近的副食店买午餐。我很高兴，因为这意味着我能开着道奇车，任风吹动我的头发，并且我又能摸到枪了。我从没有像那天那么饿过。我买了一纸盒牛奶、一盒奶酪饼干，然后把车停在莫海德的停车场，车里仍然散发着一股令人作呕的气味。我坐在车里贪婪地吞下饼干，像个足球运动员一样灌下一整盒牛奶。枪放在我的大腿上沉甸甸的，似乎和我的好食欲有直接关系。我随时可以拿枪指一个人，让他交出他的钱包和大衣，要求他唱支歌，跳个舞，说我漂亮完美，讨我欢心。我甚至可以让兰迪亲吻我的脚趾。收音机里放着海滩男孩的歌曲。我那时一点都不懂摇滚，大部分摇滚乐让我听了以后想割腕自杀，那感觉就好像什么地方正在开一个欢乐的派对，而我却无法出席，但那天我甚至坐在座位上扭动了一番，我觉得很快乐，一点都不像我自己。

我站在停车场，用力地踩了踩脚下撒了盐的积雪。整座监狱的景色尽收眼底，远看这座古老的灰色石砌建筑，我会想起富人的避暑山庄。如果不是被用作监狱，那些细致的石雕和远处连绵的山丘甚至称得上美丽，让人觉得这是一个适宜休养生息、思考冥想的地方。门廊展示的历史图绘、地图和照片告诉我这栋建筑建于一百年前，刚开始是供海员住宿的旅店，后来扩建成了一家军用医院，毕竟这里位于海边，空气新鲜，对身心有益。

我记得早在这片地区繁华的时候，一群聪明富有的人想住在远离城市的地方，于是这里建成了一座寄宿学校。我还记得建筑前面曾经立着爱默生的雕像，有一个环岛，一个英式花园里还有一座喷泉。后来这个地方成了一家孤儿院，一个退伍老兵的复建中心，一所男校，直到最后，二十多年前，成了一座少年监狱。如果我生为男孩，说不定也会沦落到这个地方。

我把身子探出车窗，对着后视镜把粉扑在鼻子上，耳朵冻得通红。我看到一个狱警从警车里押了一个少年走进监狱。大概每周会有一个新囚犯到来，需要我处理文件、采集指纹、照相，那时我总是格外兴奋。

午休回来我迟到了，办公室的女员工投过来不满的眼神。我身心都感觉好多了。我把大衣挂在椅背上，用牙咬着脱下根本不顶用的手套，揉了揉眼睛驱走睡意，然后搓着双手取暖。史蒂芬夫人和狱警聊着天，新来的男孩在摆弄他的手铐。他是个胖乎乎的金发男孩，鼻子高挺，双手大而厚实，肩膀却瘦小得像个女孩。我记得他。他揉了揉眼睛努力不让自己哭出来，我看见以后心里一软。他坐在我对面，戴着手铐很安静。我问他叫什么，写下他的名字，测量他的身高和体重，记录他瞳孔的颜色，检查面部疤痕，然后递给他一件浆硬的蓝色囚服。我感觉自己像护士一样严肃、细心、平和。我安静地和他说话，给他照相。我记得相机镜头里他的表情顺从又气愤，还有些无助的伤感。看到那个男孩的照片，我顿觉自己优越，就好像我在看储物盒里的那只老鼠一样，"还好我不是你"。整个过程，狱警都站在男孩身后叉着双手，等着在他签名的时候作证。两个警卫在附近巡逻，防止男孩逃跑或者袭击我，然而这样的事情从未发生。印象中他不会超过十四岁，我很同情他，因为我心情不错，而且他比同龄人更矮更胖。根据他悲伤的表情，我猜测他像我一样也是个古怪的孩子，对这个残酷的世界满是怀疑、内心柔软、充满痛苦。在归档他的文件时，我看到他的指控是"溺死幼婴"。

采集这些信息的时候，我觉得自己就是个正常人，一个普通的人过着普通的一天。我喜欢简明的规则，按章程行事能给我某种目标，让我放松，暂时逃离外界高速运转的喧嚣。我知道过去甚至现在人们仍然觉得我古怪。当然，过去五十年我发生了很大的变化，但我仍然能让人很不舒服，不过现在是出于完全不同的原因。现在我常担心自己太过直白、太慈爱、太好骗、太热情，感情太过充沛，让人难以承受。而过去我就是个古怪的女孩，一个笨拙的年轻人。那个时候，迷惘和焦虑的情绪还不常见。如果我现在在镜子里看到自己冷漠麻木的眼神一定会被吓坏。现在看来，那时的我一点教养都没有。毕竟我在监狱工作是有原因的，我不是个惹人喜爱的人。也许我更想当一名银行职员，但不会有银行愿意雇我的。这样最好，我想，不然用不了多久我就会从钱柜里偷钱，在监狱工作是个安全的选择。

来访时间很快过去了，我看着脏兮兮的棕色皮包挂在椅背上，觉得很满足。如果有人碰它一下，包里的枪就会撞到金属椅背上发出空洞的响声。我好奇如果丽贝卡知道我佩枪会怎么想。我模糊地觉得携带武器是种低级趣味。除非你很富有，打猎的都是些野蛮的下层阶级、没素质的乡巴佬、粗蠢又丑陋的人。其实暴力和出汗、呕吐一样正常，只是人体的另一个功能罢了。暴力和性交同属一类，两者似乎也时常被混在一起。

那天余下的时间里，我机械地履行工作职责。我努力把注意力集中在兰迪身上，像往常一样观察他坐在凳子上的样子。但我对他的迷恋消失了，就好像一首喜欢的歌曲由于听了太多遍开始厌烦，好像在同一个地方拼命搔痒直到流血，兰迪的脸现在看起来平庸无比，嘴唇厚得有些孩子气，甚至是女性化，头发看起来做作而愚蠢。他的裤裆没什么迷人的地方，肌肉的魔力也消失了，胳膊没有任何与众不同之处。我想象他在黑暗中向我走来，呼吸混合了烧焦的咖啡、香肠和烟草的味道，觉得一阵恶心。我想，人心真是贪婪而多愁善感的东西。然而曾经，他对我确实很特别。我希望在丽贝卡到来之前，自己曾经有机会告诉兰迪我爱他，他很吸引我。毕竟能遇到对我产生如此影响的人实属不易。兰迪，不论你在哪里，我看到了你，你很有魅力，我曾经爱你。

那天下午是我最后一次离开莫海德，虽然当时我并不知道是最后一次。我的桌子上一片狼藉，锁柜里放着苦艾酒和巧克力，抽屉里放着图书馆的一本书。我记不得在监狱的最后时间我做了些什么。我偶尔会猜想我的东西被处理到了哪里，假期过后我没来上班，办公室的女员工会说什么。史蒂芬夫人也许会重新负责接待访问，布雷夫人会负责新囚犯的登记。我怀疑我的消失根本没有引起什么轩然大波。如果丽贝卡会回去上班，她也许会撒谎替我打掩护，"她去看家人了。"我不在乎，我从来没有因为想莫海德的事情失眠过。

那天晚上开车回家时我已经筋疲力尽，例假第三天的痛经让我痛苦不堪。那天晚上我实在没有力气去兰德买酒了，如果我父亲想喝酒那也是他的问题，喝杯牛奶清醒一晚上又不会死人，我想。但也许会的。不管怎么样，我不在乎。枪沉甸甸地放在我腿上的皮包里，车子拐入黑暗中结冰的车道，路两旁的积雪垒得高高的。也许就是那时，我想到不如帮他做个了结。我可以一枪把他打死，但场面会很混乱，我也会为此陷入麻烦。用我母亲的安眠药是个不错的主意，但瓶子里的药不多了。医生给她开药是为了减轻她临近死亡的痛苦，然而她说她吃药是为了保护她的女儿，不让可怜的我听到她呻吟、尖叫、抱怨、发牢骚。在那段等她"翘辫子"的日子里——她去世的那天早上我给卓妮打电话的时候就是这么描述的——我偶尔也会吃一颗。前一天晚上在安眠药的作用下，我沉睡在黑暗的夜色里。第二天醒来时，我母亲冰冷的身体就躺在我身边，她愤怒的尸体。

那天晚上我走上家门口的台阶时，肩膀上包里的枪很沉。我打开前门，小心地躲过融化、滴水的冰柱。光线灰暗，但明显能看出门厅的旧报纸和酒瓶被清理过，甚至地也被扫过了。厨房餐桌上的白色圆桌布十分平整，露出有人打扫的迹象。或许消息传开说我备受尊敬的父亲生活在猪圈里，警局终于派了个新人来打扫。但也有可能是我父亲自己打扫的，然后他煮了一壶浓咖啡，保持了一天清醒，干了些活。类似的事情过去也发生过，他在地下室搭了一个整理架，给阁楼做保温。但只要咖啡一凉，他决定改喝啤酒，就会马上抛弃这些未完成的工作。他戒酒的誓言从未坚持过一整个下午。我离开的时候，阁楼的一角还放着几卷亮粉色的绝热层。好几年了，我每晚都盯着它们入睡。

我父亲的大衣挂在前门的钩子上。我打开厨房灯，发现椅子是空的。我从冰箱里拿出两片面包，在一片上涂上蛋黄酱，然后把两片夹起来，每咬一口都含在嘴里融化，这就算是我的晚餐了。我花了几年才学会好好吃饭，或者说我花了几年才有好好吃饭的欲望。在 X 镇时，我拼命逃避成为成年女性，我想不通那样有什么好处。

我走上台阶时，看到我母亲的房间里亮着灯，房门关着。隔着房门我听见我父亲睡着了，呼吸声起伏不平。我母亲的安眠药放在床头柜的抽屉里，但我不敢进去，怕吵醒他。台阶上放着半瓶金酒，我把酒拿上阁楼。去年夏天，我父亲有天早晨上阁楼叫我起床，嘴里喊着地下室有暴徒要杀我们，然后从楼梯上摔了下去。我还没完全醒，只听到他被绊倒之后滚落台阶，栏杆像闪电般裂开，他重重摔在地板上发出沉闷的声响。我穿上衣服，扶着他一瘸一拐坐进车里，开车带他去急诊室。医生给他灌下各种液体，检查了他的肝脏，然后告诉我一个坏消息说，如果他戒酒可能会导致死亡，但如果他继续喝，死亡也是早晚的事。"实在是进退两难，"医生告诉我，然后看了看我瘀青的膝盖说，"多吃点菠菜，小姑娘。"

我回到家，洗衣服，洗澡。屋子里没有我父亲，这里就好像是陌生人的家。我所有的东西都在这里，但房间却空荡荡的，无比陌生，令我厌倦。最终我父亲被送回家时挂着拐杖，膝盖上缠着绷带，下巴上缝了一针。他为自己受的伤感到十分骄傲，刚开始小心翼翼地清理他的伤口，后来变得过分频繁，问我要更多的外用酒精。我倒是也喜欢酒精的味道，趁我父亲不注意的时候喝了一小口，差点被呛死。

那天晚上我把金酒和皮包拿上阁楼，换上睡衣，把枪塞在枕头下面。这样做就像是祈愿，像我小时候把第一颗掉下的牙齿压在枕头下面去睡觉，醒来时却发现牙齿变成了两颗亮闪闪的一分硬币。让我震惊的不是牙齿变成了硬币，而是我父母晚上溜进来我却毫无察觉，睡得不省人事，完全没有防备。我记得那天早上我一直在思考一个问题，他们趁我睡着了还做了什么？我总是想知道我睡着以后我父母之间发生了什么争吵，又藏起了什么秘密。现在回忆起童年时，我除了想到那栋房子和里面摆放的家具，还有后院的季节变化场景，便再无其他。我记不起人们的脸，只记得他们离开房间时模糊的阴影。关于我母亲，我最清晰的记忆是她死去的那天早上。我记得她在床上的重量，记得我拉她的手时感受到的冰冷——恐怕是自我小时候以来第一次拉她的手，还有我趴在她肩膀上哭泣时她塌陷的肩膀。

那天晚上我一边回忆一边喝酒，然后放下酒瓶，取出我的读物。我必须坦白，我的那摞《国家地理》杂志里混着几本我父亲的色情杂志，我抽出其中的一本，轻快地翻着，一直到我睡着。

圣诞夜

　　长大以后，我母亲从未给我做过午餐便当。其他孩子吃三明治的时候，我就坐在那里盯着自己的膝盖，肚子咕咕直叫。下午一放学回家，我就把肚子塞满黄油面包，在乱糟糟的厨房里找到什么吃什么。在我小时候，邓洛普家的晚餐毫无营养可言，吃饭时间总是短暂而难熬。我父母只在我和卓妮面前吵架，就好像他们需要观众见证他们的私事一样。我母亲会发牢骚，父亲会咆哮着把他的叉子扔过餐桌，用眼睛瞟着放在盘子旁边的枪。如果我和卓妮闯了祸，母亲会把抹布等东西猛地甩在地板上，发出闪电和鞭炮一般的脆响。我不记得他们都在吵些什么。我只是拼命嚼着自己的食物，把餐盘放在水池里然后跑上楼。

　　我母亲做的饭实在是太难吃了。我直到遇见我的第二任丈夫才开始好好吃饭。他向我解释说牛排不是平底锅煎出来的嚼不动的筋腱，而是厚实、芬芳、美好的，能用餐具吃到的最好的食物。我记得我们在一起的第一个月我的体重就长了近五公斤。在 X 镇，邓洛普家最丰盛的晚饭就是干巴巴的鸡肉、盒装的土豆泥、罐装的豆子和软塌塌的培根。圣诞节则有些不同，我记得每年我都在期待从商店买来的海绵蛋糕。

每到节假日，酒都很充足，气氛也很欢乐。"正经喝一顿！"我母亲拿出调酒器，调被她叫作"外交官"和"暴风雪"的酒。以前酒的名字总是很好听——"五月玛丽""古风"。她调她的，我父亲叫我给他调"蓝夹克"和"高球"，用他警局的"朋友"在圣诞节送来的好酒。我们有一本酒谱。自然，我时不时会喝上两口，往返厨房的工夫就吃完半瓶醉樱桃。我会调"燃烧李"、"泰勒妈咪"和"曼哈顿"，最喜欢的是"威士忌牛奶宾治"，因为喝起来就像奶昔一样。我记得调"牵牛花"的时候要打个鸡蛋，就好像我是被临时拉来充数的厨师一样。那些记忆很美好：家里放着唱片，壁炉里燃着火，我在幕后尽职尽责地调酒，在厨房啜着鸡尾酒上的泡沫，期待圣诞节能收到显微镜或者一套颜料作为礼物。卓妮在客厅表演，跟着猫王的音乐扭动身体。

我父母很少请客人来我家，圣诞节是一年中为数不多的此类场合之一。我和卓妮小的时候，我们唯一的姑姑露丝只知道喝金酒马提尼，对我们毫不关心，我一直不理解也不能原谅她。我敢说，邓洛普几代人的血液里都流淌着金酒，说不定露丝比我父亲还要早地接受了她的命运。喝那么多酒对她没有任何好处，她总是皱着眉头，皮肤像打了蜡，扁平的脸像水洼一样闪闪发光。对她表露情绪时的样子的最准确的形容词就是充满怨念。

圣诞节的时候，她会带一罐火腿、一瓶花生，给我父亲带瓶便宜的苏格兰威士忌，给我母亲带点巧克力什么的。她没有孩子，喜欢支使别人，总是坚持我们吃饭之前必须祷告。对此，我喝多了的母亲会翻着白眼在桌子下面捏我一把，逗得我笑出了声。这样看来我母亲其实没有那么糟。

以前圣诞节时，我吃了一肚子海绵蛋糕，喝得醉醺醺的，上床睡觉的时候心里总是充满希望。圣诞节早上，毫无例外父亲会递给我们每人一张一美元钞票，钞票上皱巴巴地粘着他裤兜里的绒毛。也有几次，我母亲给我们一双新袜子，几支新铅笔，除此之外再无其他。

我母亲去世之后，父亲和我便默契地把圣诞节抛到了脑后。只有一年，我送给他一条领带，然而考虑到我父亲的状况，这礼物不仅没有任何用处，而且对他近乎残忍。卓妮想起来时会寄给我父亲一张贺卡。她自己会举办圣诞派对，我知道，但她从不邀请我。对此我没什么好抱怨的，我并不是一个有趣的人。

那天是我在 X 镇度过的最后一个平安夜，这一天将决定我的命运。我醒来的时候，首饰盒里藏着 647 美元，那是我此前的积蓄，在那个时候可是个不小的数目。我还有一把枪，从枕头下抽出那把枪的时候，感觉真的很好。我没有忘记这把枪的由来。刚开始它是我父亲执勤时彰显威力的道具，后来被用来吓唬只有我父亲才看得见的隐形罪犯。他声称那些鬼影知道他会开枪杀人。一个人手里有枪的时候，就会开始有自欺欺人、不切实际的想法，这是真的。那天早上我想，我可以用枪开拓我的自由之路，扫清那些看不见的障碍。那把枪能如此轻易地让我充满自信，觉得未来有无数可能性，现在想来真是难为情。我幻想着那天晚上把枪拿给丽贝卡看，建议我们一起到树林里对着树开枪，站在冰冻的湖面上瞄准月亮，或者躺在海滩上，在雪里做天使印，对准星空扣动扳机。我满脑子都是和我的新朋友度过圣诞夜的浪漫想法。

我躺在折叠床上，为晚上穿什么而感到痛苦不堪。我想丽贝卡应该会穿得舒适随意，毕竟是在她家，她应该不会穿繁复的裙子，戴华贵的珠宝，但她一定穿得很漂亮。也许是厚羊毛毛衣配紧身长裤，就像杰奎琳·肯尼迪在滑雪场度假时的装扮一样。我想象中丽贝卡的房间铺着暗色的东方卷毯，旁边放着天鹅绒靠枕，下面是一块熊皮地毯。又或许她的房子是简约的现代风格，有深色木地板、冷冰冰的玻璃茶几，挂着紫色的窗帘，摆着新鲜的玫瑰。想到这里我很激动。

我打着盹儿，在脑海里翻着我母亲的衣柜，组合搭配着我晚上的装扮。我熟悉衣柜里的每件衣服，从里到外。我说过，没有一件衣服适合我，因此我总穿好几层毛衣，或是用长长的内衣把衣服撑起来。我躺着的时候有个坏习惯，总喜欢用拳头打自己的肚子，捏大腿上少得可怜的肉。我发自内心地觉得，如果我身上的肉少一点，问题就能少一点。也许正因如此我才穿我母亲的衣服，时刻提醒自己不要长成她的尺码。我说过，我打心眼里厌恶我母亲那样的成年女人的生活，没有什么比为人妻人母更令我害怕的事情了。而我才二十四岁的时候，就已经因为我父亲扮演了这样的角色。

"艾琳！"那天早上我父亲嚷着，重重地走上阁楼的台阶，"商店已经开门了，你快点！下来！"我打开房门的时候，他已经穿好衣服，叉着腰站在门口。"今天不是平安夜吗？"他问。

"不是，爸爸，"我撒谎，"圣诞节是昨天，你错过了。"

"别自以为是，"他说，"快点，你要是现在下来，我就不送你去地狱了。"

"好吧，"我说，"谁开车？"

"你开车，我和你一起去。"

我父亲很少敢如此抛头露面，像个正常人一样离开家，但那天早上他很坚定。也许是他预感到我将要离他而去，然而更可能的是他担心假期商店会关门，不相信我能给他买足够的酒。他一直没有解释为什么要从厨房的摇椅搬到楼上的卧室。这也许是他作战计划中的一部分。没有了枪，他赤手空拳打不过那些阿飞们，不如躲起来。他也许觉得死在我母亲的病榻上也不错。倒不是说他投降了，绝非如此，他比以往更加警觉。"快点!"他吼道，猛地推开房门。外面，明媚的早晨闪闪发光。"再晚酒就卖完了，圣诞节的人们都和饿狼一样。过来，你拿钥匙了吗? 把家门锁了。每年这时候人们都像疯了似的，犯罪率飙升，这是有数据证明的。天哪，艾琳!"我去给他拿鞋，扔在门廊上，他继续说道，"所有人离开家都不锁门，蠢货，白痴。他们不知道这镇子上全都是贼?"他蹬上鞋，拖沓地走到车边，像刚出洞的人那样眯着眼，胳膊软绵绵地挡在头上，遮住眼睛。他坐在我旁边的副驾驶座位上，两只脚轮流抬起来让我给他系鞋带。

去商店的路面上又覆盖了新雪，路灯上系着丝带和冬青枝条，橱窗的陈列很漂亮，洋溢着节日气氛。街边挤满了人，他们都戴着帽子和手套，穿着羊毛外套和靴子。妇人们穿的裙子扫过人行道上的积雪，人们怀里抱着色彩缤纷的包装盒，摞在后备厢里。空气中似乎飘着音乐。孩子们在前院堆起雪人，在公立图书馆的院子里玩耍。我日后会很想念那个图书馆，但在那时我还不知道那些书救了我的命。我摇下车窗。

"冷。"我父亲说。我还没有告诉他车的排气出了问题。

"车里空气太闷了。"我说。实际上车里仍有呕吐物的味道，但我父亲察觉不出来，我估计他嘴里和身上散发的酒臭气盖过了他身边所有其他的味道。

"闷？那算什么？"他的手伸过来，蹭过我的大腿，就势把胳膊支在我的膝盖中间，摇起车窗。而我只是平静地看着前面的路。他丝毫不尊重我的隐私，不在乎我舒不舒服。我刚刚开始发育的时候，他晚上有时候会坐在餐桌边和我母亲喝酒，叫我过来，用手捏我，测量我身体的围度，看我发育得怎么样。

"不行啊，艾琳，"他说，"你得再加把劲。"

"得了吧，"我母亲笑着说，"别这么刻薄。"有一次她说，"她长大了，你这样做不合适，查理。"然后咂了咂舌头。

当然，这不算太糟。有的女孩被摸、被侵犯、被蹂躏，我只是被戳、被讽刺而已。但我依然为此受伤，为此愤怒。后来，每当我在生活中觉得自己被审视、被评判，都会变得激动暴躁。和我同居过的一个男人有一次说，我内心其实偷偷希望自己是个大胸女人，说我衣架一样的身体让我父亲失望了，说"每个女孩都希望父亲摸自己的乳头"。真是个蠢货，他不过是个出身富裕家庭的平庸的乐师而已，我容忍他是因为我以为他会让我看到自己不为人知的秘密，也许确实是这样。和这样的男人在一起是我太傻，和所有的男人在一起时我都像个傻子。我花了太长时间学习恋爱，在尝遍了所有错误的可能性后才抵达终点。而现在，最终，我一个人独居。

"你到底要开到哪儿去？"我父亲嘶吼道。我转弯时他身体僵硬起来，弯下腰躲在座位里。我说过，他脑筋有问题，连自己的影子都怕，现在这应该很明显了。"这条路不对，有坏人，天杀的艾琳，我没带枪。"

"我们可以扔雪球。"我笑了。当然，枪在我的皮包里，而我父亲似乎宁愿相信他把枪忘在什么地方了。我不在乎，没有什么事情能扰乱我的好心情，有丽贝卡陪我庆祝我终于能开心过圣诞节了，我父亲把我扒光了用碎玻璃打我我也不在乎。那天没有任何事能让我烦恼，不久以后我就会在丽贝卡家，像个女王一样被款待。

"带我离开这儿。"他呻吟着，把衣领拉到头上。等路灯时，他用拇指指向身后，"阿飞。"他轻声说，浑浊的眼里充满恐惧。我只是咯咯笑着，开车穿过街道，开过墓地，开过警局，然后掉头在小学的停车场里绕着圈，也许我是想折磨他。"告诉我你看到什么了。"他说，"它们跟着我们吗？它们看见我了吗？你自然一点，别说话，往前开。把窗户摇下来，对，这是个好主意。这样它们对我们开枪的话玻璃不会碎。"

我高兴地摇下窗户。那天我父亲的疯疯癫癫让我乐不可支。他很滑稽，几乎像个喜剧演员。我们到兰德的时候，他小声和柜台后面的路易斯先生说着话，订了一箱金酒，从货架上扒拉下来几袋薯片。我为丽贝卡买了一瓶酒，对此我父亲并没有过问。回家的路上，他瘫在座位里，浑身颤抖地流着汗。我把车停在家门口，他从车里爬了出来，费力地穿过积雪走到门廊，用几乎哀求的语气对我说："快点过来，打开门，让我进去，外面不安全。"我镇定地抱着那箱酒走向门廊，但他已经等不及了，从客厅的窗户翻了进去，斥责我没有关窗户。"你疯了吗?"他从里面打开门，一把掀开箱子盖，抽出两瓶酒，一瓶夹在腋窝下。"我养了个笨蛋。"他说。我看着他疾步走进屋内，踢掉鞋，"才出生两天!"他吼道，然后清了清喉咙，在摇椅里坐定，手里拿着他在前门找到的报纸。我一心想着自己的计划，懒得把他的鞋锁回后备厢。

我在楼上找到母亲的安眠药，没有吃，放在皮包里打算攒起来。如果我圣诞节要待在家和我父亲度过，我宁愿沉沉地睡个好觉。我回到折叠床上，继续幻想着我和丽贝卡晚上的约会。我想象她会说"我从未遇见过像你一样的人"，还有"我之前从未和谁如此亲近过，我们之间有如此多的共同点，你很完美"。我想象着我们之间热烈的谈话，想象着美酒、温暖的炉火，想象着丽贝卡说"你是我最好的朋友，我爱你"，然后像对一个先知或是牧师那样亲吻我的手。我抽出压在身子下面又红又僵的手，献上充满敬意的一吻。"我也爱你。"我对自己的手说，然后把被子拉过头顶，被自己的愚蠢逗笑了。我等着丽贝卡来电话，不知怎地睡着了。那是我在那栋房子做的最后的梦，梦的内容我却记不起来。要是能记得就好了，我希望那是一场好梦。

我记得下午晚些时候，我父亲在楼梯下面号叫。

"怎么了，爸?"我喊道，猛地从床上弹起。

"电话响了，"他说，"有个女人找你，可能是个女警察，我不知道。"

"你和她说什么了?"

我跺着脚，等着他回答。

"什么都没说，"他一挥手说，"我什么都不知道，什么都没说，就当我是哑巴。"我飞一般地跑下楼梯，厨房里话筒正吊在半空中，击打着木质橱柜。

"哦，你好啊，圣诞天使。"我接起电话时丽贝卡这样说。

接下来我要讲的是那天晚上我全部的记忆。我觉得有必要说，我之前从没交过一个真正的朋友。长大的过程中只有卓妮在我身边，而她又不喜欢我。小学时有过一两个女孩算是我的朋友，通常是其他班上被孤立的人。我记得初中有一个女孩腿上固定着支架，高中有一个几乎不怎么说话的胖女孩，但这些都不是我真正的朋友。我相信朋友是全心全意爱你，愿意为你做任何事，为你的快乐牺牲一切的人。在遇到丽贝卡之前，我一直对朋友有着不切实际的幻想。我屏住呼吸，把话筒贴近自己的胸口，快乐得几乎要尖叫出来。假如你曾坠入爱河，你应该知道这种等待中的狂热与狂喜。我能感觉到自己正站在风口浪尖。我想我是爱上了丽贝卡，她唤醒了我心中沉睡的巨龙。自此以后，我再也没有感受过如此炽烈燃烧的火焰。那天无疑是我一生中最激动的一天。

丽贝卡让我随时过去，说她在家等我。"放松，我们就坐着聊聊天，"她说，"不用搞那么复杂，会很好玩的。我们可以放几张唱片，一切顺利的话说不定再跳跳舞。"我记得她沉着而和善的声音，记得她的一字一句。我写下她的地址，是在一条我不认识的街道上。我挂了电话，快乐得忘乎所以，几乎要晕过去，在那里呆立了足有一分钟。

"不关你的事。"我对我父亲嘟囔道。他敲了敲厨房的桌子，把我从恍惚中拉回了现实。"把薯片递给我！"他对我吼。他似乎忘记了我和莱昂纳多·波克晚上外出的事。我估计那个谎言被昨晚的金酒冲得干干净净。

我跑上楼做准备。镜子中我的脸不像往常那么可怕了。我想，如果丽贝卡愿意看我的脸，也许说明我长得不算太糟。人在心脏狂跳的时候产生的思想变化真是太神奇了。我从母亲的衣柜里选了一件我觉得丽贝卡会喜欢的灰色亚麻外套，不抢眼的那种。我穿那件外套时看起来一定像个老古董，但那个时候我却觉得那是正确的选择，低调、成熟、睿智。回想起来，那件衣服就像是跟班随从会穿的衣服，一件制服、一张白纸。我穿上一条白色的尼龙衬裙，一副新的深蓝色长筒袜，一双雪地靴，还有我母亲的驼色大衣。我穿的每一件衣服我都清楚地记得，毕竟那正是我离开 X 镇时穿的衣服，也是我从母亲的衣橱里带走的所有衣服。尽管我计划已久，但最终我带走的不过是那几件衣服，一只装满钱的皮包，当然还有枪。我对着镜子梳了梳头发，油腻的口红突然看起来做作、廉价又愚蠢。我决定不化妆，毕竟丽贝卡也是素颜。我想我一心渴望接近丽贝卡，渴望被她理解和接纳，所以摘下死亡面具、擦掉口红也没有那么可怕了。

我记得我回到车里，拿出 X 镇的地图，像只笨拙的鹿蹦跳着穿过反光的积雪回到家里，浑身充满了能量。我小心地关上房门。当我看向院子的时候，教堂的钟声恰好回响在光秃秃的树枝间。夕阳西下，天空微染着橘红色和蓝色，真美啊。我很开心，真的很开心。我很快查好了路线，丽贝卡家好像是在所谓的黑户区，而那时我竟没有感到奇怪。我折起地图放在兜里，到现在我还留着那份地图，就钉在我家衣橱的门后。现在那份地图已经褪色了，多年来我都把它带在身边，对着它流泪哭泣。那是我童年的地图，我的伤心地，我的伊甸园，我的地狱，我的家。现在看它时，我的心先是充满感激，随即因厌恶缩成一团。

在离开家去找丽贝卡之前，我喝了点苦艾酒定了定神，戴上我母亲的黑色皮手套和狐皮帽，她只有这么一件毛皮饰品。我跟父亲道别，他正倚在厨房水池边，在剥一颗水煮蛋。

"你打算去哪儿？"他语气温和，含混不清。

"圣诞派对。"我回答，拿起那瓶酒。

他停顿了一下，似乎很困惑，然后嘲讽道："只要你按时回家吃晚饭就行。"他笑了几声，把整颗鸡蛋丢进嘴里，在衣服上擦了擦手。上一次我们一起好好吃顿饭还是在我母亲去世之前，好像是谁的生日，吃的是煎过头的鸡肉和黏糊糊的通心粉。我父亲一整天就吃了一颗鸡蛋和一包薯片。那天晚上我在离开他的时候心里觉得内疚吗？并没有。我以为我晚上还会回来，听他没完没了地诉苦、发牢骚，会在他第二天去教堂前和他喝杯酒，然后吞下几颗我母亲的安眠药，这应该够我沉沉地睡过大半天了。在平安夜离我父亲而去是件挺令人难过的事，但如果我父亲有丁点儿察觉到我在可怜他，他就会瞄准我的自尊心毫不留情地攻击我。

"你苍白得像个鬼，艾琳，"他躺倒在椅子上说，"都能把小鸡吓跑了。"

我对此只是一笑了之。那个时候没有什么能伤害到我。

我滑过铲过雪的人行道，走向外面黑暗湿滑的街道，走在迎接我命运的路上。

那天晚上我开车穿过 X 镇驶向丽贝卡家，内心因期待而无比喜悦，甚至连安静的街道、无声的飘雪、房屋里快乐的人家、圣诞树上亮闪闪的串灯，与我的喜悦相比都不值一提。虽然我的车里满是废气和呕吐物的臭味，外面的空气却飘着烤火腿和烘焙饼干的香气。然而我无心欣赏节日气氛，我现在有丽贝卡了，生活变得很美好，就连我充满废气和呕吐物的小世界也变得美妙。我看向窗外，几位客人正准备走进一户人家，一个孩子端着玻璃烤盘里的派，他的父母手里拿着用红色玻璃纸和彩带包装的礼物。他们看起来很快乐，但在那个圣诞节我不忌妒任何人。对于那些自怨自艾、爱发牢骚的人来说，圣诞节正是他们的节日，不然蛋酒和红酒还有什么用？我买给丽贝卡的酒放在身旁的座位上，用商店低廉的棕色纸袋包着。我想用包装纸和丝带把酒装饰一下，觉得带这样包装粗劣的礼物出现很不礼貌，甚至有冒犯之嫌。只有精美的礼物才配得上丽贝卡，不是吗？我想也许我应该去敲别人家的房门，或者从垃圾桶里找几张印花包装纸，但我不愿意那样做。不过纸包仍然显得欠妥。

　　上帝就像是听到了我的心思，穿过拜耳街时，车灯照亮了山丘脚下一处耶稣受洗的布景。我看到一个老妇人打开圣·玛丽教堂顶部一扇厚重的门，消失在门里。那正是我父亲每周日做礼拜的教堂。我停下车想走近细看看，不知道自己为何如此好奇。耶稣受洗的布景很简单：一排一米高的棕色木栅栏，前面的雪里插着一排人偶。马利亚跪在约瑟旁边，都穿着深红色的袍子，用一根麻绳系紧。马利亚怀里有一块金色的布，里面不知包着什么东西。我下了车，心里突然有了主意。

　　布景里的木制人偶都刷了漆，其实我觉得还挺好看的。我小时候很喜欢玩偶，但我六岁时，母亲把所有的玩偶都扔了。马利亚的人偶咧着嘴，我走近站在旁边的人行道上，看到它的嘴被人涂上了口红似的鲜红的东西，上面用黑色的记号笔打了个十字，马利亚的笑容因此变成了万圣节南瓜灯的那种邪笑。我被逗乐了。我能听到教堂里面人们正在唱圣歌，一个小孩发出哭声。我又向前走了两步，在雪里留下脚印。婴儿耶稣身上包着一块厚厚的芥末黄色的合成布料，用胶带粘在马利亚伸出的木质胳膊上。我摘掉手套摸了摸，胶带在湿气作用下变得黏糊糊的，但布料仍然如丝绸般柔软。教堂里的音乐停止了，牧师开始念祷文。那声音让我内心充满了恐惧，但我还是撕下马利亚胳膊上的胶带，扯下那块金色的布，下面的机油桶露了出来。我很满意。在车里，我把酒包在耶稣的毯子里，觉得正合适。我看了看地图，然后继续向前开。

　　我现在时常回想起一些画面：墓地上覆盖的积雪，上面反射着蓝光，地面上结着冰，圆顶墓碑高低不平，车开过时，树影拉长又缩短。太阳刚刚下山，我开车穿过城，路变得越来越黑，街灯散发着黄色的光晕，闪烁不定。房屋开始变得小而紧凑，不再是我家附近宏大的殖民时期风格的砖房，而是没有那么富裕的人——直白点说，就是穷人住的那种褪色的屋子，只有房车大小。那些房子说实话更像是海边贫民区的那种廉价住房。我开过街角一家杂货店，窗户上还贴着早就过期的香烟海报，还有手写的商品价格表。

我开到丽贝卡住的那条街时，发现只有几个矮小阴郁的房子亮着灯。那个地区离海更近，风比我住的街区更大，所有的房子都像匍匐在地躲藏着。每个院子都围着铁索，街边几乎没有停几辆车。我数着门牌号，想不通为什么丽贝卡会住在这样的街区，监狱给她的报酬绝对够她租一间更好的公寓了。她看起来是个自立的女人，衣服时尚且价格不菲。但就算她衣衫褴褛，她也明显不是贫困的人。有些人不论穿什么，你都能从他们脸庞的轮廓、皮肤的光泽、举手投足之间看出他们的富足。穷人如果听到一声巨响，会猛地扭过头，而富人会先说完要说的话，然后回头瞟一眼。我知道丽贝卡很富有。她住在 X 镇已经很奇怪了，我觉得她应该住在波士顿或是剑桥镇这样的中心地带，那里有更多聪明智慧的年轻人，有艺术，有事可做。但也许她不愿来回通勤吧。

我知道什么呀，也许丽贝卡不是装腔作势的人，是我错以为她想过舒适的生活。车子慢慢滑行在街道上，我试图相信这条街有它黑暗的魅力。这里住着的都是在工厂、加油站和渔船工作的人，甚至还有无业游民。我想，丽贝卡一定又勇敢心又宽，才敢和这样的人住在一起。我估计这个街区是我父亲立功最多的地方：警察们殴打青少年，闯进满是醉鬼的人家，房间里到处都是小孩的哭声。这里的男人们留着长发，女人们烂着牙齿满是文身，肥胖且皮肤松弛。

然后，我看到了丽贝卡的房子，一栋镶着白边的棕色两层建筑，前门的楼梯上放着一盆冻死的植物，至少比这个街区其他的房子看着好一些。每个房间都亮着灯，音乐声大到我在车里都可以听到。我停好车，摇上窗户，对着后视镜整理了一下自己，然后拿着酒走出车外。从这里往后，我的记忆如坍塌般，一切都变成了慢动作。我打开院门走进院子。窄路刚刚被扫过，还结着冰。我穿着黑色的雪地靴小心翼翼地踩在上面，免得滑倒了摔碎酒瓶出洋相。我很紧张，很久都没有去过我心向往的地方了。走上台阶时，我看到黄色的窗帘后面闪过一个人影。我用胯顶住纱门，敲了敲刷漆的门板，门几乎在我碰到的同时弹开了。

"你来了！"

她就站在那里，我的丽贝卡，怀里抱着一只脏兮兮的白猫，它正在用爪子挠自己稀疏的毛发，看着我发出威胁的"嘶嘶"声。"别理这家伙，"她说，"它不高兴，主人整天都歇斯底里的。"

"嗨，"我尴尬地说，"圣诞快乐。"

"我几乎都忘了今天是圣诞节了。进来吧。"她说。

丽贝卡把猫扔在陈旧的木地板上，发出重重的声响。那只猫"嘶嘶"地叫着溜走了。她看起来焦躁不安，我说的是丽贝卡，她自始至终都很焦躁。我觉得自己好像一个入侵者。我找地方放下东西。门廊的墙壁很窄，深红色的墙皮已经开始剥落，楼梯上的金属栏杆十分丑陋，台阶上的地毯尤其肮脏，散落着被猫撕烂的抹布碎片。

"我带了酒。"我说着打开瓶子外面包着的金色的布，转过瓶子好让丽贝卡看标签。

"啊，你真是太可爱了。"她说。她的语气有些古怪，紧张且做作，但我喜欢听她说话。"考虑得真是周到。"她在衣服外面穿了一件布满污点的毛巾浴袍，像是居家外套。我觉得奇怪，也许是我来得太早了？她从兜里掏出香烟。"别介意，"她说，"我不想把衣服弄脏了。"她指了指浴袍。"想抽一根吗？"她问，然后点燃一根香烟，把烟盒递给我。我接过一根，笨拙地摘掉手套，放下酒，在皮包里翻找着。丽贝卡给我点烟时，拿着火机的手微微颤抖着。我抬起头，看到她正盯着跳动的火焰。空气里弥漫着猫尿、汗臭和刚点燃的香烟味，这些味道让我想起我父亲的扶手椅。房间里很冷，我没有脱外套。

"抱歉这里一团糟，"她说，"我几乎没做过清洁。到这儿来，"她指向厨房，"咱们坐下打开那瓶酒。"

我们经过像是客厅的地方——一个木制茶几上高高地摞着垃圾和未打开的信件，电视里一片雪花，沙发上扔着没洗的衣服。墙壁上光秃秃的，淡棕色的墙纸上有几块浅色的地方，很明显之前挂着照片。唱机里放着让人摸不着头脑的音乐，我脑海中想到的名字是拉赫玛尼诺夫，甚至是《女武神》，但其实可能是帕特·布恩的那种老套的爱情歌曲，不管是什么，效果都诡异恐怖，好像预示着什么。

厨房门口挂着一个电话，透过门能看见一张小陶瓷桌，旁边放着一把椅子，水池里堆满了脏盘子，一袋打开的切片面包散落在铺着黄色油毡布的柜台上。墙上高挂着一个滴答作响的钟表，日历翻在1962年5月的那一页，一个面部轮廓刚毅的海军在照片里摆着敬礼的姿势。桌子旁边放着一个垃圾桶，用来盛堆积如山的花生皮，旁边摆着空酒瓶。这里看起来和我家差不太多。我的感官十分敏锐，但混乱的房间里似乎弥漫着某种我无法辨认的气息。丽贝卡拨弄着自己的头发，她看起来有些不一样，似乎极度不安。我觉得自己像是走入了一个电影中的场景，每个人都发了疯，空气里充满悬疑。我尽可能显得若无其事，努力微笑着，从丽贝卡生硬的举动中寻找蛛丝马迹。

"来这里，坐。"她说着在地板的瓷砖上熄灭烟头，"让我把这儿清理一下。"她优雅地把花生皮和啤酒瓶扫到垃圾桶里，拍了拍椅子上面的黄色坐垫，"坐。"

自从我进门以来，丽贝卡一直没有看我的眼睛。我用手摸了摸自己的脸，担心脸上有污点、鼻涕或是眼屎之类不雅的东西，但我脸上什么都没有。我坐下来。一阵尴尬的害羞和沉默之后，丽贝卡看着清理过的桌子，紧张地弹了弹烟灰。我折好手套，解开外套的扣子又重新系好。终于我朝那瓶酒点了点头。

"希望酒是你喜欢的类型。"我说。

"哦，刚刚好。"丽贝卡说着困惑地转向橱柜，"我可能喝不了多少，你尽管喝。我来找找开瓶器在哪儿藏着。"她打开一个柜子，里面放着各种调料和罐头，另一个柜子里放着碗碟。她拉出一个叮当作响的抽屉又关上。"这堆破烂儿里一定会有开瓶器，对吧?"她又试了一个抽屉，在叉子勺子中间一阵翻找，而另一个抽屉完全是空的。"唉，运气不好。把瓶子递给我，我们这样。"

丽贝卡的戒指碰在玻璃瓶上发出响声，她犹豫不决地走到水池边，然后抓住瓶底，用力把瓶颈摔向橱柜的边缘，发出一声裂开的巨响。"快了。"她又试了一次，瓶颈裂开，滚到了地上，酒洒在了脏兮兮的地板上。"可以了。"她说，在那摊红酒上扔了块抹布，用她皮靴的高跟踩着擦干净，"我看到有人能做到滴酒不洒。也许他用了锤子，我不知道。"

"他?"我本来想问是谁，但我只说了句"很有创意"。我微笑着，但心里却十分不安，房间里阴暗混乱，丽贝卡的行为又唐突怪异。她来回踱着步子，嘴里含着手指。她在思考什么事情，但我不敢问她，终于，她皱着眉头看着我的眼睛。

"我真是个糟糕的主人。"她叹气。

"别傻了,"我说,"你应该看看我住的地方。"房间里唯一的照明物是天花板上一根电线上垂下来的灯泡。我透过厨房窗户看到一辆覆盖着积雪的车,丽贝卡的双门车停在后面,上面却只有薄薄一层雪。所有的事情都很奇怪。我猜测,这是她男朋友的房子?也许她和当地人同居?这也是有可能的。我失望吗?当然了。我以为我会看到杂志里的那种奢华与舒适——骨瓷、红木家具、斜面棱镜、织锦绸缎、软靠枕、天鹅绒之类的,然而这是一个穷人的家,不仅如此,还是一个身处困境的穷人的家。我们都见过这样的房子,抑郁阴暗,到处都没有生机,没有色彩,像是布满噪点的黑白电视机。我一生中住过无数这样的房子,而在今天我不会再踏足这样的地方。你无法相信人们在黑暗中会变得多么盲目无知。这栋房子唯一让我安心的地方是它比我家还要糟。

关于房子我想说,那天晚上我开车穿过 X 镇时,路过的那些整洁完美的殖民风格建筑其实就是普通人的死亡面具。没有人真的如此整洁,如此完美。一个人住在这样的房子里其实比住在垃圾堆更能说明他身上有毛病。这些房子的主人说白了就是无法摆脱死亡的纠缠。一个房子如果如此小心维护,摆满高档家具,处处体现装修品位,所有东西小心摆放,就会变成一座活坟墓。真正投身生活的人房子都很乱,对于二十四岁的我来说，这个道理已经不言自明。当然二十四岁的时候我也很迷恋死亡，只不过我摆脱死亡恐惧的方式不是像 X 镇的主妇那样整理房间，而是通过不正常的饮食、无止境的自相矛盾，还有迷恋兰迪之类的事情。直到我坐在丽贝卡的厨房里，看着她打开一罐花生，舔着手指，我才认识到，终有一天我会归于死亡，但不是现在，不是此时此地。

我现在时常回想那时的我是多么自私愚蠢。"如果你爱我，就会忽略我的缺点。"我一生中在很多男人身上试过这个道理，得到的答案却总是："那我想我应该不爱你。"每次想起来我都觉得好笑。但我决定在丽贝卡身上践行这个道理，像接受我自己一样接受她的邀遇。餐桌上的污垢说明她根本就是懒得清理，不过我也懒得打扫，所以我能理解她。当然丽贝卡有钱请人帮她打扫，她只是刚刚来到这个镇上，还没来得及雇人。我觉得她很完美，她的紧张不安，她凌乱的头发、皲裂的嘴唇，这些怪癖反而让她更加美丽。我看着她转过身，把橱柜一个个打开又关上。她的浴袍在肩膀处滑落，像毛皮披肩一样。这个女人不论做什么都可以被原谅。

"啊哈！"她夸张地叫了一声，放下两个杯子，都是饭店常见的那种便宜的咖啡杯，带着豁口，内壁有棕色的污渍。她笨拙地从破酒瓶中倒出酒，问我："你喜欢音乐吗？"她长长的手指戳在空气中，看起来很神经质。那时候我想，也许她在我来之前吃了什么东西。那个时候很多女人都会吃药保持身材，神经分分的。我觉得丽贝卡也不是没有可能这样做。我现在想起她僵硬的姿势、凌乱的长发和衣服奇怪的单色搭配却觉得她无比虚荣。

"当然了，"我说着抬起头，就好像能看到空气中的音乐一样，"我喜欢音乐。"

丽贝卡把桌子上一个盛满花生壳的碗推向我。"你可以用这个当烟灰缸，"她说，"但是小心，酒里可能有碎玻璃。"

"谢谢。"我盯着杯中深色的液体，它闻起来就像我车里的呕吐物。

"嗯，"丽贝卡尝了一口酒，发出满意的声音，"真美妙，希望你没有破费太多，干杯。"她走近我，举着她的搪瓷杯。"祝耶稣生日快乐。"杯子碰撞发出响声，她笑了笑，似乎放松了一些，"艾琳小姐，你圣诞节过得怎么样？"

"挺好的，"我说，"我上午陪我父亲来着。"我希望自己听起来语气淡定。

"你父亲？"她说，"我不知道你在这里还有家庭。他住在附近吗？"

"不远。"我回答。我本来可以告诉她真相：我父亲是个神经分分的酒鬼，在遇到她之前，我就是我父亲的奴隶，我恨他恨到有时候希望他死了算了。"他住得离我不远，走路就能到，"我告诉她，"他已经退休了，一切都好，就是容易孤独。"

"那真好，"丽贝卡说，"我是说，你能陪他真好，不是说他孤独真好。"她笑了。

我不自在地笑了两声，笑声很尴尬。"你一个人住在这里吗?"我很高兴能把问题转移到她身上。

"哦，对啊，"她说，我松了口气，"我受不了和人合住，我喜欢有自己的空间，喜欢制造噪声，想把音乐声放多大都可以。"

"我也是，"我撒谎道，"我也受不了室友。大学的时候，我——"

"人本性难移，所以总是为所欲为，是不是?"丽贝卡打断我，靠在厨房的灶台上，似乎并不想听我的回答。她低着头，紧张地盯着自己的酒，嘴唇紧绷着，脸上微微泛红。我好奇她身上的那件浴袍，已经老旧地掉了色，正常人有访客的时候都不会这样穿，难道我不值得她换件更体面的衣服吗?"我不相信人会做出违背自己意愿的事，"她古怪地说，声音变得严肃而克制，"除非有人拿枪指着你的脑袋。即便这样人也是有选择的。但没有人愿意承认是自己堕落，自愿行恶。人们就是喜欢羞耻感罢了，要我说的话，整个国家都被羞耻感控制了。我问你，艾琳——"她转向我。我放下杯子，酒几乎见底了。我抬起头看着她，眼睛里闪烁着期待。

"我们监狱里的男孩是坏人吗？"她问。

这并不是我想听到的问题。我试图掩盖自己的失望，挑起一条眉毛好像在认真思考她的问题。"我觉得他们大部分人只是运气不好，大多数人只是运气糟透了。"我回答。

"我觉得你说得没错，"她放下杯子，把烟蒂扔了进去，叉着双手，突兀地看着我的眼睛，"告诉我，艾琳小姐，你有没有曾经想做不好的事，即使你知道这样做是不对的？"

"说实话没有。"我撒谎道。我不知道为什么自己要否认这一点。我感觉丽贝卡看穿了我的虚伪，于是紧张起来，躲在杯子后面喝掉最后一口酒。你也许会说我是想要被理解、被尊重，但其实我是害怕如果说出自己真实的感受会受到惩罚。那时我并不知道令我羞耻的想法和感情其实都是微不足道的。"我能用一下你的洗手间吗？"我问。

丽贝卡指向房顶，"楼上有一个。"

我拿起自己的皮包，踩在台阶脏兮兮的地毯上，手抓着铁栏杆保持平衡。肩上枪的重量让我感到安心，我只是想把枪拿在手里，好恢复平静，重获理智。我边上台阶边为自己的懦弱感到悲哀。我质问自己，如果不让丽贝卡走进我的内心世界，我怎么可能会快乐？当然了，我真傻，把这一切如此当真。而那时的我却因为自己的紧张而痛恨自己。丽贝卡请我来到她家，让我看到她不加修饰的一面，虽然这一面邋遢又神经质，但这正是友谊的体现，我不想让她失望。但如果今天晚上要我展露真实的自己，让我们之间产生真正的联结，恐怕我要多喝些酒才行。

楼上的洗手间门大敞着，味道很难闻。洗手间铺着粉色的瓷砖，墙上固定支架的金属部件边缘已经锈成了橘黄色，塑料浴帘皱巴巴的，长了霉，变成了棕色。门把手已经松动，关不严实。水龙头漏着水，浴缸长着绿霉，散发着异味。水池也是绿色的，边上放着一只被咬烂的红色牙刷。一管廉价牙膏从尾部卷起来，看样子时间已经很久了。脏兮兮的镜子下面放着一支口红，我打开来——是亮粉色，几乎已经被用光了。肉色的丝袜挂在浴帘的栏杆上，一块肥皂上粘着细小的卷发，表面已经干裂。我拿起肥皂，在脸上搓着，然后用水洗干净，感觉好些了。我在一块抹布上擦了擦手，拿出枪，光滑的木头和金属表面让我觉得安心。我拿枪指着镜子里的自己，然后把枪贴在脸上，枪管冰冷而坚硬。我能闻到上面我父亲的味道，不是他平日身上金酒的酸腐味，而是我童年时温暖的威士忌的味道。那时我还小，对他只有仰慕。我把枪放回皮包，对着镜子理了理头发。

回到厨房之前，我蹑手蹑脚地沿着栏杆走向楼上亮着灯的房间，窥视着。一间是卧室：床单的图案是绿色和粉色的花纹，褐色的床头柜上放着一盏廉价的台灯，淡蓝色的碟子里有一副难看的金耳环，旁边还有一个空啤酒罐。衣帽间的门上挂着一面镜子，我想看看丽贝卡的衣橱，却没有胆量如此放肆。如果丽贝卡是个懒鬼，如果她表面的优雅和精致是个骗局，那么这也许反而给了我希望。也许我也能当个骗子，打扮得优雅精致。

那个时候，隔壁的房间并没有引起我太大的注意，里面有一张木制小课桌，单人床上只剩一个床垫，床头柜上放着一只毛绒玩具熊和一个风扇，墙上挂着美国地图。这一切都很荒唐，但我估计丽贝卡一定是租了整栋房子，没有清理打扫。我看向镜子，镜子里一张憔悴而疲惫的脸回看我。我就像个老妇人，一具尸体，一个僵尸。我试着微笑，脸上稍微多了一点生气，而丽贝卡这么漂亮的女人竟然需要我的陪伴，真是荒谬。我走下楼梯，戴上莱昂纳多·波克的面具——平静而满足，充满自信。

我在厨房桌子旁边坐定，而丽贝卡正忙着在橱柜里找东西。"啊哈！"她叫道，手里拿着一个开瓶器转过身，"太晚了，不好意思，请再多喝点酒吧。"她把最后一点倒了出来。"谢谢你带酒过来。"她又说。

"这也算是为你乔迁暖房了，对吧？你住在这里多久了？"我尽量听起来语气欢快。

"我喜欢这个说法，暖房——没错，谢谢你。"丽贝卡说，"正好，这个房子需要暖和一些，老房子空荡荡的。"她整了整浴袍的领子，然后张开嘴，好像要说什么，但停了下来，两只胳膊叠在胸口。

"你在这儿住多久了？"我问，"如果你不介意我这么问。"

"几周前我才到这个镇上，"她边回答边调整浴袍，"老实说我知道这儿很冷，但没想到是这样的。你们这儿的天气简直残忍，比剑桥镇还糟。但雪很漂亮，你不觉得吗？"

我们的对话就这样敷衍地进行着，魔法消失了。就好像是破冰之后，我们漂浮在寒冷刺骨的冰水里，因温度过低变得反应迟钝、虚情假意。我想我已经失去和她成为好朋友的机会了。丽贝卡给我打开了一扇门，而我却把门摔在了她脸上。我无聊透顶，没有任何可取之处。我开始用自怜弥补我的乏味，可悲极了。"我很少出门，"我告诉她，"冬天没有什么好做的事，全年都是如此。"

"你滑冰吗？"丽贝卡问，我感觉她是故作热情。

我摇了摇头，微笑着，然后纠正说，"如果你想去的话我可以一起。"

"哦没关系的。"丽贝卡说。气氛尴尬极了。椅子十分僵硬，房间无比冰冷。我小口喝着酒，用尽全力点头微笑。我知道我在掩饰什么——我的渴望，我的失望，我破灭的幻想。然而丽贝卡在掩饰什么，又为什么掩饰，我却看不透。她滔滔不绝地说自己去年夏天被晒伤的事，说她开车时手抽了筋，说她最喜欢的画家，我记得都是抽象派。我们说好春天来了要一起旅行，去波士顿美术馆，但她的思绪似乎飘到了很远的地方，空留一个躯壳和我对话。我想，也许我只配远远地欣赏她。我凭什么觉得像丽贝卡这样聪慧独立又漂亮的女人真的愿意了解我？退一步讲，关于我自己我又有什么好说的？我就是个普通人，一个书呆子。我应该感谢她如此滔滔不绝。"你游泳吗？你滑雪吗？你在哪儿买的那顶皮帽？"我感觉她在拿我寻开心，在可怜甚至取笑我无聊的生活，净问些蠢问题让我不那么紧张。

最后我说，"我该走了。"我告诉自己，以后时间还长，毕竟真正的友情不是一晚上就能酿成的。无聊的结局总比卷入纷争要强。我从椅子上站起身，准备戴上我的黑手套。这时，丽贝卡从矮凳上站了起来。

"艾琳，"她走近我，声音突然压低，变得紧张而严肃，"你走之前，我需要你帮忙做点事。"我以为她要我帮忙倒垃圾，或是帮她搬家具，但她只是说了一句，"留下来，再和我说会儿话。"

她看起来忧心忡忡的。也许她生病了，我想，或是在等她爱吃醋的旧情人。我当然愿意留下来，但我急切地想再喝些酒，而且我饿了。丽贝卡就好像会读心术一样，起身打开那个旧冰箱，拿出一大块奶酪、一瓶腌洋葱和火腿。

"我来做三明治，"她说，"我这个女主人当得真是糟透了，我知道。"我看着她洗了两个盘子，用浴袍擦干。"吃点东西能好一些。"

"我挺好的。"话从我嘴里直接蹦了出来，在冰冷的厨房里刺耳地回响着，生硬而虚假。我开始给自己找台阶下，胡言乱语了一阵。丽贝卡打断我。

"你我都觉得气氛紧张，"她说，"你能感觉到，我也能感觉到，何必否认呢？"她摇了摇头，耸耸肩，似笑非笑地转过身背对我，在灶台上把面包摞成一摞。

我神经质地尖笑了两声，分不清丽贝卡是生气还是觉得我好笑。"对不起。"我嘟囔着，但她没有理我。尴尬的气氛悬停在半空，她一边忙碌，一边把话题扯回了莫海德。她准备着三明治，手颤抖着。我咬着自己裂开的嘴唇，手在皮包里摸着枪，听着她说话。她似乎放松了一些，声音开始变得低沉。她背对着我，偶尔停下来，一边说话一边用刀子在空气中比画着。

"他们请我来给男孩们设计日常标准课程，要求适用所有人，就好像他们的年龄和程度都一样，好像课程是用来一遍遍地重复的。这本身就是极荒唐的想法，我又不是十九世纪的乡村教师。何况这些男孩有能力学习，很多人都已经识字。我当然需要反复测试和试验才能得到一个最佳方案，但问题又来了——目标是什么？意义又在哪里？我毕竟不是来教他们修理汽车引擎的。我的想法是，他们需要学文学、历史、哲学、科学，这么庞大的工程足够十多个人来做了。罗伯特不明白这些男孩有头脑，甚至不明白他们有自己的想法，对他来说他们和牛差不多。"

"罗伯特？"我问，"你是说监狱长？"

"监狱长，"她摇了摇头，"他只知道惩罚男孩打飞机。"我知道那是什么意思。"这你是知道的，对不对？"丽贝卡微微转过身，留给我一个严肃的侧影。"那家伙真有两下子，动不动就拿基督教说事，真是可笑。后来我发现莱昂纳多·波克被关禁闭是因为'自我亵渎'。"她摇了摇头，"如果我是那些男孩的话，我也会不停地自慰，在莫海德这样的地方这算是唯一的乐趣了，你不觉得吗？"她转向我皱了皱鼻子，眼睛闪闪发光，突然来了精神，一副狡黠快乐的样子。

"嗯，当然了。"我说着在空中挥了挥手，表示我观念开放，头脑灵活，并没有在犹豫。

"说真的，"丽贝卡继续说，"我真是不懂这有什么大不了的。"她摇了摇头。以我对她的了解，她没有羞耻感。我好奇如果一个人没有羞耻感刺激的话，还会有狂喜吗？我想象不出。我心里有些错愕，庆幸她说个没完没了不用我插嘴。她说她很开心能在监狱里工作，说她读完学位又是多么解脱。她确信自己可以产生巨大的影响，她打心眼儿里关心这些男孩。我清楚地记得她的原话，"他们就好像是我的兄弟一样。"她递给我一个盘子，放下一个三明治，我们沉默地吃着。

过了一会儿她说，"你可能已经发现了，艾琳，我的生活和大多数人不太一样。"

"哦，没有，"我坚持说，"你的房子挺好的。"

"请不要这么客气，"她说，"我不是说这个房子。"她站起来，一边吃洋葱，一边看着我。"我是说，我有自己的想法，不像那些和你一起工作的女人。"这当然很明显。"和你在学校的老师，和你的母亲也不一样。"她把盘子放回水池里，"我能看出来，你也有自己的想法，说不定我们的想法有共通之处。"

当时我觉得她在考验我，看我究竟是像"大多数人"一样人云亦云，还是像她一样"与众不同"。她给我的三明治几乎无法下咽。面包陈腐无味，火腿黏糊糊的。但我还是像个好女孩一样，边嚼边点头。

"多年来，我认识到一些事，"她边说边舔自己的手指，"我不相信有善恶这样的区分。"她递给我一根烟，我接过来，松了口气，终于能有个借口放下三明治了。"莫海德的那些男孩不该在这里。我不在乎他们做了什么，孩子不应该受到这样的惩罚。"

我没喝醉的时候天性不喜争执，而我才喝了不到两杯，所以我接下来说的话吓了我自己一跳——说不定是被我父亲的鬼魂附身，因为我根本不关心这件事。"但是那些男孩都是罪犯，多少应该受到惩罚。"我说。丽贝卡沉默了。我喝完酒，过了片刻，脑袋变得越来越重，充满悔意。显然我冒犯了她，我觉得胃里一阵恶心。

"我该走了，"我说，"你一定也累了。"那时我才到她家不到一小时，已经感觉热得出了一身油汗。房间里的空气混合着灰尘、烟雾和食物腐烂的味道。我熄灭香烟，丽贝卡看起来正在深思，我以为她的思绪和我有关——我缺乏远见和同情心，真是个老古板，就像一头猪。我害怕自己会吐出来，觉得我应该立刻回家，但丽贝卡似乎正在想其他事。

"我能告诉你个秘密吗？"她问，声音突然变得温柔，语气却很紧迫。她在我面前蹲下，一只胳膊搭在桌子上。

从来没有人对我倾诉自己的秘密。我直直地看着她的脸，屏着呼吸。她美极了，清澈的眼神突然静如止水，脆弱得像森林里受到惊吓的孩子。她心不在焉地拉着我的手，相比我粗糙的皮肤，她的手指柔软而冰凉。我努力想放松，以证明我开放、包容又乐于助人。但死亡面具又慢慢爬上了我的脸。我闭着眼睛点点头，觉得这个庄重的回应能够表明我的忠心耿耿。

"和李·波克有关。"她说。

我真的以为我下一秒就会吐出来。我起身，手伸向皮包，祈祷她没有勇气告诉我他们接吻了，或者发生了比这还糟的事。然而她抓住我的手，我又坐了下来。

当我听到她的下一句话是"他和我谈过了"，而不是"我爱上他了"的时候，我简直长舒了一口气，然而她脸上仍有一种反常的快乐和骄傲。丽贝卡捏了捏我的手，重重地咽下口水。"他都告诉我了。他到莫海德的来龙去脉。你看这个。"她从浴袍口袋里拿出一张照片：犯罪现场，李·波克的父亲躺在浸透黑色血迹的地毯上，一半身子盖着床单，身旁的床乱糟糟的。

"李的爸爸，"丽贝卡继续说，"人们总是有俄狄浦斯情结，弑父睡母，我曾经也是这么想的。"

"真恶心。"我说着又看了一眼照片。那个男人半睁着眼睛，就好像在鬼鬼祟祟地向下偷看。他的胳膊伸过头顶，手指扭曲地挤在床头柜旁。我以前在杂志和书里见到过死亡的照片，大多数都是重要人物躺在灵堂里，或者是战场上横七竖八的士兵尸体。除此之外，当然目之所及都是钉在十字架上的耶稣。莫海德的档案里有不少犯罪现场的照片，但没有一张像波克先生的照片一样准确地捕捉到了死亡的精髓，就连我母亲的尸体也没有让我感到如此震撼。她的生命是日复一日地抽离而去，直到了无痕迹，然而波克先生的生命是被强夺走的，死亡在照片中如此鲜活。我把手从丽贝卡手里抽了出来，起身跑到水池边把所有的三明治和酒都吐了出来。

"对不起。"我说。

丽贝卡从我后面走上来，揉着我的后背。"别说对不起。"她回答，递给我一块又湿又冷还发了霉的抹布，"看到这张照片觉得恶心就对了。"我打开水龙头，冲洗着我吐在盘子上的呕吐物。"不用麻烦。"丽贝卡说。

"对不起。"我重复道。我也不知道自己到底有多抱歉。突如其来的恶心把我刺激得兴奋起来。这是我记忆中唯一一次只因为看到什么东西而吐了出来。我想再看看那张照片，里面有些东西让我捉摸不透。皱巴巴的床单、被撕扯开的睡衣、地毯上的血污——波克先生松弛塌陷的脸似乎想说什么。照片中的虚无自有一种生命在。我希望能进到照片里检查喉管喷血的地方，去触摸血迹，仔细察看伤口。好像有秘密镶嵌在里面，但照片里看不到喉口。那双眼睛知道什么？波克先生最后看到的是什么？是他儿子？他的妻子？那把尖刀？一片黑暗？还是他的鬼魂从身体中升起？他脸上狡猾的表情就像冻结一般，令我着迷。我知道波克先生身上有一个秘密等着我去揭开。我想，也许他知道死亡是什么，也许就是这么简单。

"你从哪儿找到这个的？"我问丽贝卡。

"李的档案，"她说，"很可怕，是吧？"

我坐回到椅子里，沉着而清醒。"还好。"我无缘无故地撒谎。

"李潜入他父母的卧室，用一把厨刀刺穿了他父亲的喉咙。他母亲说自己昏过去了，没有直接报警，说她醒来发现自己丈夫死了，以为是有人闯进家里。我奇怪，发生这样的事情她怎么可能睡过去了？你能想象吗？警察在厨房的水池里找到了那把刀，而李在自己床上搂着泰迪熊。"

丽贝卡说话时神情变得严肃。我仔细看着她的脸，她眼睛周围有细小的纹路，透明的皮肤光洁红润。一瞬间她看起来像是个成熟的女人，下一秒钟却又像个小女孩。我的眼睛像被施了魔法，就好像我正在看一个哈哈镜，好像所有事情都是一场梦。她拍了拍我的手吸引我的注意。"但李不是该负责的那个人，"丽贝卡继续说，"他昨天和我解释过整件事了。独自保守这么大的秘密远非一个孩子能承受的。"她转过身去，似乎是情绪太过激动，但她再次面向我的时候镇定沉着，甚至在咧着嘴笑。"没错，这张照片很可怕，让人不安。当我看到照片再看到李的时候，根本无法把这两件事情联系在一起。我不能理解一个聪明害羞的男孩为何会做出这样的事情。我问他是不是真的杀了自己的父亲。"她用手指叩击着照片上死人的脸，"他说是的，是他做的。其实他只是点了点头。我问他为什么，他却只是耸了耸肩。你知道吗，他不是一开始就对我坦白的，我得问对问题。开始我只是在黑暗中乱闯乱撞。他父亲是不是打他母亲了？她母亲是不是让他杀他父亲好获赔保险？事情的缘由是什么？我感觉这个家里有什么不可告人的秘密，这全写在他母亲脸上了。你见过她。我知道这里面肯定发生了什么事情，于是给她母亲打电话让她来监狱，我告诉她，'我觉得你儿子想和你说说话。'你看到他们两人在一起的样子了,那个可怜的男孩几乎都不看她的眼睛。所以之后我就直接问他,'你父亲对你做什么了吗?他是不是摸你了?'然后他开了口,几分钟的时间就把事情全说了出来。之前没有人敢问李这件事,因为没有人愿意知道。"

这个时候丽贝卡变得兴奋起来,圆睁着眼睛,几乎是垂涎。她的手从我的手腕移到了胳膊上,抓着我的肩膀,我之前听过类似的故事,大概知道这意味着什么。"不需要心理学学位也能了解真相,"她继续吹嘘着,松开了我的肩膀。"不需要刑罚也能把事情扭转过来。我敢说这个世界上的监狱长和心理医生比大多数杀手都变态。如果你真的想听事情的真相,人们就会告诉你真相。你好好想想,艾琳,"她说着又捏了捏我的手,"人们为什么会杀自己的父亲?"她几乎是哀求地看着我,眼神在我的脸上搜寻着答案,"为什么?"她问。

我多年来也在思考同一个问题。"杀他,"我回答,"是唯一的出路。"

"是唯一的求生办法,没错。"丽贝卡点头。

我们再次看向照片,她的头靠我那么近,我们的脸几乎贴到了一起,她倚在我的肩膀上,胳膊搂着我。狂风撼动房屋,风雪摇晃着厨房的窗户。我闭上眼睛。多年来,这是我第一次与一个人离这么近。我的手能感受到丽贝卡的呼吸,温暖、急促但平稳。

"你一定想知道,"她继续说,"为什么当妈的什么都没做。"

我抬起头看着她,她表情僵硬古怪,在白晃晃的灯光下不断变幻,她眉毛高挑,眼睛圆睁,微张着嘴,分不清是喜悦还是期待,看起来兴奋、激动、狂喜、好奇。我抽搐了一下。"我母亲死了。"我生硬地说。丽贝卡却不为所动。我屏住呼吸。

"母亲是很难对付。"丽贝卡说,突然站起来,俯视着我,"大多数女人彼此憎恶,这很正常,所有女人都在相互竞争,尤其是母女。当然这并不是说我讨厌你,我没有把你当作我的竞争对手,你是我的盟友,是他们说的'共犯',你很特别。"她口气软了下来。听到这些话我差点哭了,我拼命眨眼睛,好像眼睛很干似的。她又捏了捏我的手,像是强调她刚刚说的话,然后蹲下来让视线和我齐平。"那个母亲,"她继续说,"波克女士,你记得她吗?"

"她很胖。"我说,点点头。

"别说话。"丽贝卡突然间小声说。她起身,一根手指放在嘴唇上示意我别说话。寒风呼啸,除此之外房间一片寂静。我没注意到音乐是什么时候消失的。我屏住呼吸。"李的母亲,"她继续说,指甲在桌子上有节奏地叩击着,"是真正的谜团。艾琳,我找不到更委婉的方式说这件事,听到那个男孩的故事我心都碎了。你知道，我们有必要让真相重见天日。李告诉我说每天晚上吃完晚饭，她母亲都会带他到楼上，给他一片灌肠剂。然后她就坐在那儿看《蜜月期》①，涂指甲油，睡觉，一直到他们完事。她为什么不阻止他？答案很简单，她不想这样做。她一定也从中受益了，但我不知道是如何受益的。"

当然，我觉得很恶心，但同时也心存怀疑。"这真的太可怕了，"我摇着头说，"太恶心了。"我又说了一遍。我看着丽贝卡从桌子后面坐起身，靠在灶台边，双手交叉看着天花板。她离我那么远，我突然间觉得又冷又孤独，我渴望站起身走向她，钻到她的浴袍里，像个孩子一样蜷缩在她的臂弯。

"你好好想象一下，艾琳，"她继续说，"你就是坐在餐桌旁的一个小孩。"她跟我讲了一遍她想象中波克家的晚上，还有他父亲的心理——欲望无法满足会多么痛苦。"他父亲的动机很明显，"她说，"他精神出了问题，对他来说，对自己的孩子做出这样的事，一定是出于爱。虽然听着令人难以接受，但爱有时就是这样，它会让你伤害自己的儿子。这并非常人能做出的事，但波克先生一定是走投无路了。"这让我想起自己的父亲和母亲，我从小到大几乎没有感受过爱

---

① 《蜜月期》（*The Honeymooners*）是美国 1955 年播出的电视剧。——编者著

和温暖，他们只是偶尔对我这里捏一下，那里戳一下。也许我已经算幸运了，但其实很难评判谁更可怜。

"但是他的母亲——她叫芮塔——我就是猜不透她的动机。"丽贝卡似乎想说什么。说实话我压根不在乎波克这家人，我已经有丽贝卡了。我们是同谋共犯，这是她的原话。我愿意用厨刀划破自己的手掌，发血誓和她结拜为一辈子的姐妹，但我只是坐在那里，专心听她说话，努力假装自己感兴趣，皱着眉头又点头又眨眼。

"我不觉得是他的父亲在威胁她。"丽贝卡继续说，"她给我的印象并非如此。"其实我知道她的意思。波克女士那次来访的时候，看着根本不像受害者。她高昂着头，看起来更像是生气而非悲伤，她看向我、兰迪、丽贝卡和莱昂纳多的时候神情严苛，而且她看起来不像会努力讨好他人的人。她很胖，衣着丑陋。"我觉得这个女人身上有重要的谜团需要解开，"她说，"这样李心中才能做个了结。而且就像我说过的，我不相信惩罚，但我相信报应。李的父亲对他做了坏事，所以被杀了。李杀了他父亲，所以被关进了监狱。她母亲虽然为她自己的罪过而内疚，但却没有承担任何后果。但是，艾琳？"她倾身向前抓住我的小腿，"这件事你对谁都不能说，你发誓？"我点点头。丽贝卡的手正放在我腿上，让我答应把全世界给她我都愿意。但我还是不明白她为何如此急切，如此严肃地关心波克家的事。这有什么重要的？她为什么在乎？她伸出细长的小指，我也伸出我的，和她拉钩。这个动作如此纯洁、真诚却又如此扭曲，我眼里涌出了泪水。

"这不是我家，艾琳，"丽贝卡说，"这是波克家。我把芮塔绑在地下室里了。"

我觉得有必要说，作为一个相对来说在庇护下长大的年轻人，我和别人没有发生过直接冲突。在成长过程中，我父母在餐桌上的吵架总是毫无来由，我确信那只是他们的深层痛苦和矛盾的出口。我从未经历过爆发性的冲突。我和父亲在一起的最后几年，他有时候会用扁平的手掌绕住我铅笔一样细瘦的脖子，威胁说只要他愿意，随时可以让我命丧黄泉。我不觉得疼，说实话反而觉得很安心，那是我能感受到的最多的爱意了。我想起我十二岁的时候，几个镇子外的一个女孩失踪了，人们在 X 镇找到她被冲上岸的尸体。老师警告我们，"不要搭乘陌生人的车""如果有人抓你走的话要拼命叫喊"。但这样的警告从来都吓不到我，相反，被绑架成了我心底秘密的愿望。这样至少我知道我还有点价值，还有人在乎我。我宁愿发生直接的暴力冲突也不愿有剑拔弩张的对话。如果我在 X 镇长大时家里发生了更多冲突，事情也许会不一样，我也许会选择留下来。

抱怨我父亲不打我是因为不够爱我，听起来像是无比矫情。但那又如何？我现在已经老了，头发灰白，骨头疏松，呼吸轻浅，食欲也已下降。我身上的擦伤和瘀青远超过我所应得的。我活得够久了，顾影自怜不再是脆弱的表现，而像是在终将到来的死亡面前敷在我额头上的一块湿毛巾，被用来抵抗我对死亡的恐惧。可怜啊，可怜。我年轻的时候根本不在乎自己的健康。所有的年轻人都觉得自己战无不胜、无所不知，全然不顾他人劝告。我就是带着这种愚蠢的勇敢离开 X 镇的。如果我知道我将要逃入怎样的危险之中，恐怕我是永远不会离开的。那时的纽约并不适合年轻女孩独自生存，尤其是我这样的年轻女孩：满腔怒火，举目无亲，容易上当受骗，内心充满焦虑和罪恶感。如果有人告诉我，我将无数次地经历心碎，将在地铁上被人摸索侵犯，将因被人拒之门外而一蹶不振，我也许会选择和我父亲待在家里。

在 X 镇，我读过监狱档案里的那些暴力行为，侵犯也好，毁灭也好，背叛也好，都是可怕的故事，只要和我没关系，我就不在乎，就好像《国家地理》杂志中的文章，那些细节只会助长我扭曲的幻想，从未让我担心自己的安全。我天真且冷漠无情，不在乎其他人过得好不好，只在乎我是不是得到了自己想要的，所以当丽贝卡向我坦白时，我没有你想象得那么惊恐，反而觉得自己被冒犯了。我突然意识到，我们之间的友谊并非我所想的那样，纯粹建立在欣赏和喜爱的基础上。很明显，丽贝卡和我的亲密关系是她谋略的一部分，她觉得我对她有用，最终事实也的确如此。

　　"真抱歉。"我结结巴巴地说，努力想藏起自己的失望，"我觉得不舒服。"我本来可以说她脑子有病，我不想和她有任何瓜葛，她会被抓起来的，然而她设计我成为她的共犯，这令我无比受伤。我失望极了，虽然说句"祝你好运"足矣，我却说不出任何尖锐的话语。我无论如何不想让她知道我正心如刀绞，我已经觉得够羞辱的了。我真是个傻子，丽贝卡当然不会真的喜欢我。我可悲、丑陋、孱弱、古怪，她这样的人怎么会想和我做朋友？"我真的该走了。"我说着站起身走向门口。然而在走廊，丽贝卡却抓住了我的胳膊。

　　"求你，"她说："不要这么快离开，这事有点棘手。"我能从她的眼睛里看到恐惧。我想挣脱她，开车回家让我父亲叫警察，但丽贝卡看我的神情就好像我是她的救星一样。她说，"求你了，我真的需要你，艾琳，看在朋友的份儿上。"我开始动摇了。她给我拿了一支烟，颤抖着给我点上。"你是我唯一信任的人。"她说。单这句话足以让我回到贼窝。我决定相信她还是尊重我的，她需要我的陪伴。眼泪滑过脸庞，她用浴袍袖口擦干，叹了口气，打了个激灵，恳切地看着我。

　　"好吧。"我说。从来没有人对我哭过。"我来帮你。"

　　"谢谢你，艾琳。"她含着泪水笑了，用袖子擤了擤鼻涕。"对不起，"她说，"我把事情搞得一团糟。"看到她如此受伤、脆弱我很高兴。她拿了一片面包，心不在焉地撕着。"我不知道我是怎么卷进来的，但既然事已至此，我们必须做个了结。"

我坐下来，挺直后背，像个淑女一样跷起腿，双手重叠放在膝盖上。"我们可以给警察打电话，把发生的事情解释清楚，"我柔声说，"我们可以说，一切都是意外。"我很清楚这个建议很荒唐，我只是想看她无比绝望的样子，算是她对我的忠诚的回报。

"然后说什么？"丽贝卡回答，"我不小心把她绑起来了？他们会送我进监狱的。"她叫道。

"我父亲是警察。"我告诉她。丽贝卡睁大眼睛看着我。"我当然不会告诉他，但我的意思是，如果你说波克夫人威胁你……"

"一定不能让警察介入。你知道吗，波克先生以前也是警察。如果警察在乎正义的话，我压根就不必来这里了。艾琳，我不能进监狱。人们不会理解我想做怎样的善事。"她挥动着那片面包，然后把它扔到了水池里，点了一根烟。她看了看碎掉的酒瓶子，瓶子已经空了。"我想喝酒。"她说。

"不要喝酒。"我很高兴她绝望到没精力评判我。"我们要保持清醒，让波克夫人说出真相。"我努力保持积极的语气，熄灭烟头，双手交互握着，"我们还有活儿要干。"丽贝卡勉强笑了一下。"告诉我发生了什么，"我说，"事情的来龙去脉。"看到她局促不安的样子，我觉得很兴奋。她拨弄着头发，一边来回走动，一边对头发又拉又拽。

"事情是昨天下午开始的。我来到波克家。"她说，她努力平稳声音，让自己看起来平静、镇定、可信，就好像在演练面对法官和陪审团的说辞一样，"我用她和她丈夫的行为质问她，把李告诉我的有关虐待的事情重复了一遍。"她挥了挥手，似乎在指楼上侵害发生的地方。

"波克女士当然否定了所有的事，"丽贝卡继续说，"她管自己丈夫叫圣人，说在我之前从未听说过这回事。但当我继续问她为什么不带上莱昂纳多逃走，为什么任由这一切发生，怎么能参与这么残忍的折磨时，她却答不上来。我让她好好想想，然后留下了我的电话号码，但我知道她不会给我打电话的。昨天晚上我彻夜未眠，这个女人当着我的面撒谎，简直要把我搞疯了。所以我今天早上又回来了。当然，她还是没什么好说的，口风把得更紧了，说疯的那个是我。我威胁说要举报她做的事，和她打了一架，因为我把她激怒了。我试图告诉她我是代表李来的，我想帮她，但她不听我的话。她疯了，还攻击我，看见了吗？"丽贝卡解开浴袍，掀起上衣让我看她胸膛上几道很浅的抓痕，都不严重，不会留下疤痕。她的身体十分瘦小，皮肤洁白无瑕，体内似乎发着光，肋骨像是象牙制的钢琴键，腹部肌肉紧实。"我必须把她关押起来，"丽贝卡摇着头说，"没有其他办法了，她威胁要报警，可我怎么和他们解释？"

"你做得对。"我说。我放松面部，眼神坚毅，想让丽贝卡知道我无所畏惧，从容镇定，认为这个孩子遭的罪是令人发指的，愿意把这件事情查到水落石出，虽然我并不确定那是什么意思。丽贝卡恼怒的表情有所缓解。她把头发拢在后面。

"我没有伤害她，"她说，"她没有经历任何痛苦，只是大声叫了很久，所以我把音乐调大了，但是她现在安静下来了。我觉得最终她会说出真相忏悔罪过的，这样我们就可以一起解决这件事了。但无论我做什么她都不肯坦白，她甚至拒绝说话。我不能一直把她绑着留在地下室那么冷的地方，她又不是罪犯。她应该得到更严酷的惩罚，但我不是暴徒，你知道我的意思吗？"

我说不好丽贝卡为什么要把我拉进来。她真的觉得我能帮她吗？还是说我只是来见证她的宏伟计划，好让她不那么愧疚？一直以来我都拿不准她表现出来的同情究竟是不是真情流露。她究竟是为什么卷入波克的案子？难道她真心认为她有力量帮别人赎罪，能用自己超群的智慧和推理实现公正？很多像她这样富足惯了的人都是如此自不量力，而她现在却感到害怕了。波克夫人也许比丽贝卡想象中的还要邪恶。

"让她再在底下待几个小时，"我建议，"她吃点苦头就会开口说话了。"

"但是她到现在一个字都没说。"丽贝卡叫道,她把胳膊交叉在胸前,"这个该死的女人不肯坦白,简直无可救药,和她儿子一样沉默。"

"把她灌醉,"我提议,"人们喝醉了总是口吐真言。"

"太天真了。"丽贝卡叹气,"况且卖酒的商店现在都关门了。我们需要的是一份签过字的口供,这样她之后就不会反悔。但现在她还没害怕到说真话,我又不愿意打她。"她抬起头盯着我:"你以前打过人吗?"她犹豫不决地吐出这几个字。

"没有,"我回答,"我只想象过。"

"当然,当然。"她又开始来回踱步,用手指把面包捻成小球。我的胃里一阵搅动。"我们需要好好想想,用力思考。"过了一阵,我想到了解决办法。这办法如此简单容易,我几乎笑了出来。我转身拿过挂在身后椅背上的皮包,小心地掏出枪,放在桌子上。

"这是我父亲的。"我说,虽然我努力闭紧嘴不笑出来,但还是控制不住脸上的笑容。

"天哪。"丽贝卡圆睁着眼睛喃喃地说,浴袍从她的肩膀上掉下来。她走向桌子,浴袍在身后拖着,她像个皇后。"这是真枪?"她目光失神,惊呆了。

"是真的。"我说。她伸出手去摸枪,我拿起枪紧紧握在手里。"你最好不要碰它，"我说，"可能已经上膛了。"
我告诉她，虽然我并不相信，怎么可能上膛了呢？我想，我
父亲没有疯到那种程度。

"太不可思议了。"丽贝卡说。她接着问，"枪为什么会
在你这儿？你为什么带枪过来？"

我能说什么呢？说什么她会信？我和她说了真话。"我
父亲有病，"我说，用手指指着太阳穴，"我担心把枪留给
他他会做出什么事来。"

丽贝卡严肃地点点头，"明白了。你是你父亲的监护人，
要保护他不伤害自己。"

"保护其他人不被伤害。"我纠正她。我不想让丽贝卡
觉得我是个殉道者，我想被当作英雄看待。

"了不起。"丽贝卡说，斜着眼做了一个心照不宣的表
情，和她几天前在欧海拉的表情一样。"我们真是好搭档。"
她说。我能想象我们两个人组成一对亡命之徒：丽贝卡高
傲，富有道义；我配枪，面无表情。我把枪放回到桌子上，
她似乎急切地想要摸枪。"咱们下楼去，"她说着从地板上
提起浴袍，皱了皱鼻子，把浴袍紧紧系在腰间，"下面很
脏。"我却站着不动。如果真的有个女人被绑在下面的话，
我和丽贝卡独处的时间不多了。

"如果李撒谎了呢？"我问，"如果这些都是他编出来的
怎么办？他也许用了几年时间想出了一个杀父的理由，然后

怪在他母亲身上。波克夫人也许是清白的，你不觉得吗？"

"艾琳，"丽贝卡严厉地看着我，两只手叠放在胸口，"如果你亲眼看见那个男孩的眼泪，听到他亲口讲出那个故事，感受他的哭泣和颤抖，你就不会对他有丝毫的怀疑，你看，"这个男人该得到更严厉的惩罚，你看不出来吗？"她拿出波克先生的照片放在枪边。

我又看了一眼照片里那双神秘的眼睛。那具尸体那样诡异、令人不安，我别无选择，只能相信他罪有应得，否则我将无法承担现实的残忍。那时的我为了躲避现实的冷酷，什么都愿意相信，年轻就是这样。"好吧，"我点点头，"你觉得枪会管用吗？"

"人的记忆总是变化莫测。"丽贝卡回答。她平静多了，似乎不再焦虑。"波克夫人打心眼儿里否认事实，守口如瓶，也许和谁都没说过，也许她连真相都想不起来。你要知道，人们都同情她，以为她悲伤又孤独。这种情况下，没人愿意质疑她，甚至连接近她这样的受害者都不愿意。我们觉得她可怜、可悲，但没有人问过她正确的问题，我是唯一在乎的人。"丽贝卡把头发拢在脑后，用手指娴熟快速地编了一个麻花辫。即使在厨房惨白的灯光下眼睛又红又肿，她还是那么漂亮。"自从李被关进莫海德以来，她一次都没有去看过他，"她说，"直到我看了李的档案，给她打了电话。"

有一阵子她似乎走神了，一边思考一边盯着地下室的门。"艾琳,"她终于说道,转过身来用拳头轻轻敲着桌子,"如果波克夫人觉得她命悬一线,就不会有理由否认任何事,必须招供。不管她是否愿意,这样我们会帮她重获自由,她可以事后再感谢我们。我们做的是对的,你日后就知道了。这样,"丽贝卡从我脖子上摘下围巾,"把你的脸挡住,她看不见你的脸会更害怕,而且不会认出来你是莫海德的,如果她认出来反而麻烦。"她把围巾系在我头上,然后拉下来,只露出我的眼睛。她把我眼前的头发拂开时,我身上一阵酥麻。她笑了出来。"看着不错,"她说,"现在举起枪来,让我看看你怎么拿枪。"我听她的话,两个手举起枪,胳膊向前方伸直,低下头。"非常好,艾琳。"丽贝卡微笑着,把手放在胯上,弹了弹舌头。"了不起。"她又说。

我看着她走向地下室的门,把铁链从锁上滑开,拉开门露出又黑又深的楼梯。她在空中摸索着,拉动一根脏兮兮的绳子,灯亮了起来。她转过身,呼吸声清晰可闻,微笑着抓住我的肩膀。"来吧。"她说。我用空着的一只手拿起皮包,跟着她走下台阶。

"芮塔?是我。"丽贝卡大声叫道。她的声音和蔼而克制,让人想起护士或老师的声音。我有些惊讶。嘴上的围巾捂得我的脸上出汗、鼻子发痒,但我的眼睛看得很清楚。楼梯又陡又长,花了很久才走到头,就好像我们在走进一艘轮船的底舱或是一座坟墓。光秃秃的灯泡发出摇曳的光,黑影投射在地上忽长忽短。我每走一步都小心翼翼，不想摔倒了让自己难堪。地下室黑暗、潮湿又凉爽，我重拾镇定，不再焦虑，心脏也不再怦怦狂跳。我想起卓妮那本被翻烂的南希·卓尔的侦探小说《地下室的秘密》，我就是那个选错角色的演员——密谋者艾琳、持枪共犯艾琳。然而一到地下，我就平静下来了，就像地下室是我的领地。在楼梯底部，我站稳脚跟。"冷静。"丽贝卡对我说，但我已经很冷静了。我手中的枪平且稳。我转过拐角，看到波克夫人两腿叉开，背靠着墙。她穿着脏兮兮的白色短袜和一件黄色的连衣裙，领口处系着蕾丝，头发松散凌乱，脸上都是眼泪。那个画面深深地印在了我的脑海里。她看起来就像一个又胖又老的灰姑娘，空洞无辜的眼神在丽贝卡和我的脸上扫来扫去。丽贝卡用睡衣腰带绑住了她的手腕，挂在天花板的一根水管上。除此之外再没有别的地方可以绑了，只有一台生锈的除草机，一把坏了的木椅子，一个餐桌，一堆看起来像是废弃家具的木质零件，也许还有一个儿童床。

"别开枪。"那个女人哭喊道，徒劳地想要用手盖住自己的脸。"求你了，"她央求道，"别杀我。"那个时候我只觉得滑稽。我当然不打算开枪，我想。我庆幸有围巾遮着我的脸，这样我就不会忍不住微笑安慰她了。我仍然举着枪指着她。

"她不是没可能向你开枪，"丽贝卡柔声哄骗，"除非你把事实告诉我们。"

"什么事实?"那个女人哭喊道,"我不知道你想要什么,求你了。"她抬起头来看着我,好像我知道答案一样。我保持沉默。在地下室拿着枪指向一个可怜的女人,这场景像演戏一样不可思议。我就像是在玩派对游戏"天堂七分钟"①,在黑暗中鼓捣着白天不敢做的事。我从来都没玩过那种接吻大冒险,但我猜两个人一旦从衣柜里走出来,就会假装什么都没发生,一切恢复正常,没有任何损失。然而表面之下,你要么变得更受欢迎,要么因为表现不好而名声受损。在地下室,我最害怕的是失去丽贝卡对我的尊敬。那是我的快乐所在。但我相信她的计划会奏效,波克夫人会承认她丈夫对儿子的所作所为,如释重负,会感谢丽贝卡从她嘴里撬出埋藏已久的真相,帮她走出她丈夫满是谎言和秘密的世界。她会和儿子重归于好,再次真正地活着。而我和丽贝卡会因此成为最好的朋友,所有事情都无比美好。

"求你了,"波克夫人说,"你想从我这儿得到什么?"

"一个解释。"丽贝卡重重地叹了口气,双手叉在腰间,"芮塔,我们知道你不容易,丈夫是个有怪癖的人,我们知道你在这栋房子里独自承受良心的折磨,过得很辛苦。你只

① "天堂七分钟"是一个盛行美国的派对游戏,被选中的两个参与者进入一个黑暗的封闭空间,有七分钟的时间可以做任何事。——译者注

要告诉我们你为什么要帮你丈夫做这样的事，为什么不告诉任何人究竟发生了什么？说出来吧，卸掉你胸口的重担。"

"我不知道你在说什么，"波克夫人坚称，看向别处，"我从未做过任何伤害李的事情。他是我儿子、我的骨肉，对天发誓我可是他母亲啊。"

"艾琳，"丽贝卡说，我听到自己的名字吓了一跳，"你来吧。"

我端着枪走近波克夫人，她颤抖着发出一声古怪的哭号，一遍一遍尖叫着喊救命。外面不知哪里的一只狗开始狂叫，地下室回响着狗叫声和那个女人的哭喊声。丽贝卡用两只手捂住耳朵。

"安静。"我说。但波克夫人的尖叫声太大了，她听不到我说话。"尖叫没有用。"我喊道，声音高到我自己都吓了一跳，"闭嘴！"她停止了哭喊，身体一抽一抽地看着我，口水从嘴里流了出来。我走近一步，枪直指在她脸上，努力想着换作我父亲的话他会做什么。"别以为我不会开枪，"我开始说，"谁会想念你？你要是在这儿待到腐烂，我们就就地把你埋了，"我在地上跺了跺脚，"也不会有人来挖你的尸骨，因为没有人在乎你的死活。"估计是我的家庭和工作环境教会了我用什么样的口吻说话会让对方别无选择，只能服从。事实上，如果想从这个女人嘴里问出见不得人的真相，我正是合适的人选。我看了看丽贝卡，她似乎被我的表演震撼到了。她后退了一步，嘴微张着，挥了挥手像是让我继续。那场面如此激动人心，我动了动鼻子上的围巾，对着波克夫人弯下腰。她的脸上都是泪水，整个人涨红得像一头烤猪。

"对你这样的人来说，赐你一死算是饶恕你了，"我继续说，"承认吧，你就是太骄傲，不愿承认你欠你儿子的，宁死也不愿承认自己做错了。可悲。"我说着踢了踢她的脚。"蠢猪。"我补上一句，声音在墙壁间回响。波克夫人转过身去，表情恐惧而紧张，紧闭着双眼，时不时睁开眼睛看着枪抽泣。

"你想死吗?"我说着突然冲向她，枪离她的脸只一寸之隔。我看向丽贝卡，她站在变幻的阴影中，睁大眼睛微笑着。"快承认!"我向波克夫人用前所未有的音量尖叫道。我表现出来的愤怒如此逼真，就好像我真的被激怒了一样，我的心脏狂跳。回忆里，地下室似乎漆黑一片，只剩下波克夫人肥胖的身体在地板上抖动着。我像喝醉了一样，又疯狂向她冲过去并蹲下，想用枪托打她的头，但只是手擦过了她的头发，轻轻碰到了她。尽管如此，她还是抖得更厉害、哭得更凶了。

丽贝卡向前一步。"如果你不坦白我可保护不了你，"她说，"艾琳以前杀过人。"她补充道。

"没错。"我说。两个女孩自编自演，场景荒唐极了，如果可以重来一遍，我会冷静地用枪管抵住那个女人的心脏，让丽贝卡说话，而不会像这次一样发疯。即使现在回想起来我仍觉得难为情。虽然我挥枪的方式蠢透了，但还是对波克夫人起了作用。她脸上不再有傲慢的神情，睁开眼睛时是一副吓坏了的样子。"把这个家里发生的事情都告诉我。"我恶毒地说，把枪抵在她的太阳穴上。

"求你了，不要伤害我。"她颤声嗫嚅着。

"只要你从实招来我就不会伤害你。"我承诺道。但她还是一边号叫一边哭泣。几分钟之后我的胳膊累了，于是把枪放了下来，但每次波克夫人睁开眼睛时，我都会再次举起枪。她终于抬起头，咬紧牙关。

"好吧，"她说，"你赢了。"

"你准备好说话了？"我毫无必要地抬高声音。

"太好了，"丽贝卡拍着手，"感谢上帝。"

我从波克夫人身边退后，坐在冰冷的地上，把膝盖蜷到大衣里面取暖，脸上的围巾被呼吸弄得潮湿。我看着那个女人恢复呼吸冷静下来，枪在我手里已经被捂得温热。"我们等着呢。"我催促她。她点点头。我不知道我父亲在警队的时候是否认识波克一家人，他和波克是否在茶余饭后闲聊过，一同抱怨自己的妻子和孩子。我压根不记得见过波克先生，即使见过，他也没给我留下任何印象。我想变态的人就是这样掩人耳目的。他们毫不起眼，关起门来却立刻变成恶魔。我坐在那里，想象着波克夫人对警察坦白一切，警察却把她当作疯女人，认为她编造难以置信的故事抹黑她的丈夫。换作我父亲的话，我敢确定他会管她叫"垃圾"。

"我马上回来。"丽贝卡小声说。

我吃了一惊，又举起枪。"你去哪儿?"我问，看着她走过房间。波克夫人呼哧呼哧地喘着气，表情困惑。

"去拿纸和笔，"丽贝卡低声回答，"你给我们做口供。"她又大声对波克夫人说："咱俩说好不会报警，我们把这些写下来。"她说着转过身，示意我用枪指着波克夫人，我照做了。她轻快地跑上台阶，关上身后厨房的门。我能听到她在楼上穿过房间，走上二楼时脚步声变得越来越小。我把枪支在膝盖上，看着波克夫人。

"我不管你做了什么，"我告诉她，"你交代了她就放你走，你再也不会见到我们。"我想着战役已经结束了，波克夫人已经投降，丽贝卡回来后会解开她的绳子，她边写边哭，求上帝原谅，然后丽贝卡会拍着她的背安慰她。我用枪瞄准她，以为她会继续尖叫，然而她只是皱着眉头看着我。

"我把事情都告诉你，然后怎么办?"她问我，"然后我怎么做?"

"我不知道，"我实话实说，"逃得远远的?"她又哭了起来，脸上抹着鼻涕。

"我没有地方可去，"她说，"我没钱，哪儿都去不了。"

我耸了耸肩，想到了我藏在阁楼上的那叠现金。我能不能放弃自己的逃亡，把钱都给波克夫人帮她逃走？这样警方就不会找我和丽贝卡的麻烦了。这个想法划过我的脑海。我听到地板吱吱呀呀，丽贝卡在楼上发出响声。我焦急地等着她回来，等她赞美我，发自肺腑地感谢我，告诉我我是她的英雄、天使、圣徒，然后我们一起逃走。在纽约，人们正在冬青枝条下亲吻、跳舞、喝香槟、坠入爱河，而我呢？我独自一人和一个被绑起来的女人困在地下室。我不想再看波克夫人哭了，我的使命已经完成。我站起来拍掉屁股上的灰尘，用枪指着天花板说："她只是想帮忙而已。"我意识到如果事情出了差错，我有可能会进监狱，但我仍不觉得害怕。我把枪放了下来。

"她是对的，你知道吗，"波克夫人开口说话了，"那位女士是你的朋友？"她的声音尖利而单调，说话时夹着痰，声音含混不清。"我儿子说他父亲时没有撒谎。我的丈夫米奇有不良嗜好，你懂的，奇怪的爱好。我以为有些男人就是那样。我一直没能习惯他这一点，但我必须理解他，我不能转身离开。结婚时人们发誓要遵从自己的丈夫，我也一样，我能去哪儿呢？"她的眼睛在昏暗的灯光中闪着光。她咽了咽口水，抬头看着天花板，清了清喉咙。丽贝卡去哪儿了？"我发誓，开始我没明白那是怎么回事，你怎么也不会想到自己的丈夫会做这么难以置信的事。但时间一久，我就慢慢接受了。我对自己说，没有那么可怕，没那么糟的。而且李对此只字未提，所以我想还好，我以为一直以来是我看不懂男人。你会开始想，也许所有男人都会对自己儿子这样，这也是有可能的，我知道什么啊？而且李看起来挺好的，好孩子，很安静，不怎么说话，成绩优秀，善良懂事，和邻居的孩子玩得也好，没有什么不正常的地方，所以我就习惯了。我知道，我知道我做得不对，但李是个好孩子，勇敢懂事，要知道他从不问问题，总是想让每个人都开心，他说，'我不想让任何人生我的气。'圣诞节和情人节的时候他还给我做各种好看的贺卡。那个时候我觉得他是个好孩子，所以我也假装快乐。我还能做什么呢？他们不会告诉你这些事情，他们不会让你为这样的事情做准备。"

"他们?"我问。

波克夫人不说话，只是弓着身子来回摇头，似乎被自己的话惊呆了。我听见脚步声响起，丽贝卡缓缓穿过房间，波克夫人抬头看着天花板，气鼓鼓地忍着眼泪。"我和谁说去？我没想告诉任何人，只是尽自己努力罢了。你知道女人有了孩子以后会怎样吗？你丈夫再也不会像从前一样待你。你知道吗？我怪的是自己，怪我吃得太多，米奇觉得我不再有魅力了。你知道，我是家庭主妇，整天一个人在家待着，除此之外毫无用处，你懂吗？米奇不和我说话，只是回家吃饭喝酒，就好像我是家里的陌生人，好像我惹人嫌一样，他几乎没法容忍我，但他满足之后会来找我，就好像他卸下了一个包袱，开始变得放松。他抱我的感觉真好。那个时候他是爱我的，是温柔的。我知道他爱我，他会表现出来。他会在我耳边说动听的话，会亲吻我，我们就像年轻相爱的时候一样快乐，我觉得很开心，这样真的有错吗？我甚至还怀孕了一次，但是流产了。我不在乎，我的丈夫回到我身边就够了。你不会懂的，"她抬头看着我，"你太年轻了，还没有心碎过。"

我完全明白她在说什么。我当然懂，谁不懂呢？

她又开始哭了，这次是悲恸的眼泪。

"好了好了。"我说，那是我这辈子第一次真诚地安慰一个人。我们在沉默中坐着，然后听到门打开，响起脚步声。我俩扭过身，看着丽贝卡从楼梯上飘下来，拿着一沓纸和一支笔。

"你现在能给我松绑了吗？"波克夫人看着我，"我把一切都说了。"

丽贝卡怀疑地看着我。我点头，"是真的。"我说，我所有的怒气已经烟消云散了。波克夫人紧张地看看丽贝卡又看看我，然后看着地板上的枪。

"等你答应我们的条件，签过合约之后，再给你松绑。艾琳，"丽贝卡难以置信地看着我，"她说什么了？"我不想和丽贝卡复述一遍波克夫人的话，我找不到文雅的词。丽贝卡失望地嘟囔着。"艾琳,"她抱怨道,然后转向波克夫人说,"你必须把所有事情都写下来,不然合约无效。"

"什么合约?"波克夫人现在恢复了理智,涨红着脸,更像是生气而非恐惧。

"合约是你承认你做的事,我们就不杀你。"丽贝卡也生气了,似乎生波克夫人和我的气。"把枪给我,艾琳。"丽贝卡粗暴地说。我照做了,不愿她对我发火。她像之前我做的那样,站在那里俯视着波克夫人。"把你告诉她的话给我讲一遍。"她坚持说。丽贝卡拿枪的姿势十分笨拙,胳膊向外支着,手指紧握枪管。波克夫人看着我,好像我能救她一样。

"小心点。"我告诉丽贝卡,她翻了个白眼。

"芮塔,"她说,"别犯傻。"

"打死我吧,"那个女人叫道,"我不活了。"我在羊毛围巾下面几乎无法呼吸,于是把围巾从脸上摘了下来,用外套袖子擦了擦脸上的汗。

"我见过你,"波克夫人突然失望地说,"你是莫海德的那个女孩。"

丽贝卡扭过头震惊地看着我,"你干什么呢艾琳?"我急忙又戴上围巾。

"她已经知道我的名字了,"我辩解道,"丽贝卡。"

接下来发生的事情在记忆中如同被蒙上雾般模糊不清。

就我所知，丽贝卡腾出一只手去挽浴袍的袖子，当她再次握住枪的时候，手抖了一下，她连忙去抓枪，但是枪掉在地上走火了，发出了一声巨响。我们都屏住了呼吸。我蹲下来一动不动，丽贝卡把脸埋在手里背对我们，波克夫人不说话，肥胖的腿收在硕大的胸前，露出小腿和膝盖。外面的狗又叫了起来，枪声仍在我耳朵里嗡嗡作响，我们三个人互相看了看。

"完了。"丽贝卡指了指波克夫人的右胳膊。波克夫人的家居棉服下面迅速洇开了一片深色的血渍。

"你打中我了？"波克夫人问，声音难以置信，瞬间变得像孩子一样。

"完了。"丽贝卡又说了一遍。

波克女士又开始尖叫，拼命想要挣脱绳子。"我流血了！"她哭喊道，"叫医生来！"她开始变得歇斯底里。换作任何人都会这样。

"嘘，"丽贝卡跑到波克夫人旁边，"邻居会听到的，别把事情闹大，别大惊小怪。"她边说边用手去捂那个女人的嘴。关于枪的事我警告过丽贝卡。我安慰自己，波克夫人会没事的。我以为她只是受了点表皮擦伤，以为她的胳膊又粗又胖，不会有太大的伤口。但那个女人却安静不下来，像发疯的动物一样气喘吁吁，拼命摇头挣脱丽贝卡，尖叫着找人救命。我捡起枪，枪柄上仍有余温。我突然有了主意。

你怎么想我都可以。你可以说我是个恶毒的共犯，我自私、变态、多疑、愚蠢，只有死亡和毁灭才能满足我，让我开心。你可以说我的心理和罪犯一样，只有看到别人痛苦我才满意。随你怎么想，但那时我想出了一个让所有人获得解脱的办法——我、丽贝卡、波克夫人、我父亲。我打算把波克夫人带到我家，对她开枪，等她死了之后，把枪留在我不省人事的父亲手中，然后开车一路奔向朝阳。没错，我当然想逃走，如果丽贝卡愿意和我一起就更好了。没错，我觉得杀掉波克夫人是让我和丽贝卡解脱的唯一办法。我想，如果波克夫人死了，就没有人知道我和丽贝卡牵涉其中，我们就都自由了。

我又想到了我的父亲。不论我做什么他都不肯戒酒，不肯恢复理智、做我想要的父亲，他甚至不知道自己病到了什么程度。只有剧变才会让他醒悟，如果他相信自己杀害了一个无辜的女人，那种震撼应该足以让他清醒过来，也许他会看到曙光，看清自己的现状，也许会改过自新。如果他们问他为什么要打死波克夫人，他也许会嘟囔我和李的名字，暗示他以为李是我的男朋友。警察于是知道他确实发了疯，也许会把他关进监狱，但更可能会把他送到医院接受治疗，让他恢复健康。而我早已消失，但他至少会想念我，忏悔他对我的所作所为，希望自己能弥补这一切。

至于我，我逃离 X 镇的计划已经推迟太久了，懒惰和恐惧总是战胜我逃离的渴望。如果我杀了波克夫人，就会被迫立刻离开 X 镇，我将改名换姓，永远消失。只有因为害怕刑罚我才会离开，我可以选择待在 X 镇直面地狱，或者干脆消失。我没有给自己选择的余地，杀掉波克夫人是唯一的出路。

但怎么才能把波克夫人带到我家，不让她一路尖叫？我思索着，手里摆弄着枪。她拼命扭动，跺着脚，咬着牙哭号。丽贝卡用手捂着她的嘴，想要让她安静下来，但这无异于去堵决堤的洪水。波克夫人拒不合作。丽贝卡绝望地看着我。

"我们怎么办？"

我在包里翻找着我母亲的安眠药。"我有这个，"我说着摇了摇瓶子，"可以止痛。"

"镇静剂？"丽贝卡的脸上亮了起来，她从我手中抓过药瓶，"你皮包里还有什么，艾琳？"刚开始我没意识到她在讽刺我。

"口红。"我回答。

我看着丽贝卡又走近波克夫人，这次沉着谨慎，就好像在走近一只受到惊吓的动物。丽贝卡伸手去抓她的脸，一只手捏住她的下巴，另一只手拿着药片。那个女人拼命扭动脖子甩着头。丽贝卡就像农夫制服一只公牛一样和她搏斗着，捏住她的鼻子。看到丽贝卡的招式，我纳闷她是在哪儿长大的，也许她是个农夫的女儿，在农场长大的乡下女孩。说实话，我对她越来越失去了兴趣。我看着波克夫人拼命咬着牙，屏住呼吸死死盯住丽贝卡的眼睛。终于丽贝卡撬开了她的嘴，把握在手里的药片送进了她嘴里。我在不远处蹲着看她们，突然间有种荒谬的冲动，想要唱歌祈祷。我想起在《国家地理》杂志中读到的成人礼，人们被绑着塞住嘴关在笼子里，在沙漠里好几天没有水和食物，只服用大量药性强劲的迷幻药，直到他们忘掉自己的童年，忘掉自己的名字。等他们回到村子里已经变成了全新的人，带着上帝赐予的精神，被所有人崇敬，无所畏惧。我想，也许我在地下室的经历与此类似。我想象着这件事结束之后，我就会生活在一个新的高度，没有人会伤害到我，我将对所有事情免疫。

"你会后悔的！"波克夫人吞下药片之后哭喊道，"我知道你是谁了，我会告诉所有人你做了什么。"

"没有人会相信你的。"丽贝卡说，她的语气已经不再像原先那么自信了。

"我不会放过你。"波克夫人斜眼看着我说。在地下室的那天晚上，没有人屈服，我们三个人，在摇曳的灯光下，脸上闪着汗水和泪水。丽贝卡和我靠在墙上等着。波克夫人胳膊上的血迹似乎已经凝固，呼吸开始变得缓慢。"走开，出去，"她抱怨着，"滚出去。"药片开始发挥作用，她的声音像是唱片拖长的尾声慢慢消失。然后她睡着了，靠着墙，口中垂涎，眼泪在眼角干成一坨眼屎。丽贝卡开始和我窃窃私语，我估计自己用了不到十分钟，便用我的计划说服了她。"我父亲是个酒鬼，"我说，"如果他杀了人，责任会在警察身上，他们几年前就应该把他关起来了。也许他们会找到波克夫人，让此事悄无声息地过去。没什么大不了的，我们会没事的。"丽贝卡的脸变得僵硬，手抓着肮脏的浴袍，指关节发白。"我们必须找个地方藏起来，"我补充道，努力保持镇定，"我想的是纽约市。"

"我们怎么去你父亲家？"丽贝卡只问了我一句话。

"我们把她挪到车上去。"看起来没什么难的。

"然后你来开枪？"

"我父亲会，"我说，"但要我们扣动扳机。"

"我们?"丽贝卡扬起眉毛，把头发拢在脑后。

"我。"我同意了。这看起来不太坏。反正这个女人已经生无可恋，要么死得干脆，毫无痛苦，要么就在这栋房子里一天天任由记忆啃噬，在黑暗中霉烂而死。"她不会觉得疼。"我说。"你看，"我踢了踢那个女人的脚，"她已经昏过去了。"

丽贝卡咬着嘴唇绞着双手犹豫了一会儿，然后同意了。我们一起把波克夫人的手绑住，把她抬起来。我记得自己当时在想，一个人能重到这种程度真是不可思议。我架住她的胳膊，丽贝卡抓着她的脚，一级一级台阶地往上抬，我倒退着，承担了大部分重量。等到了最高一级台阶，我已经用光了所有的力气，膝盖开始发抖，胳膊烧灼般地疼。"咱们休息一下。"我说，但丽贝卡坚持要动作快点。

"咱们赶紧把她弄出去，然后你去你父亲家，让他准备好，我来打扫这里。咱们不能留下任何证据。"她又抬起波克夫人的脚。她的身体重得如同装满水的浴缸，头向后仰，嘴张着。我低头，看到她棕色的牙齿和几乎全白的牙床，就好像她已经死了。我们准备把她抬出前门时，丽贝卡停下来系浴袍。我们小心翼翼地挪动着，但她的屁股还是不可避免地撞到了冰冻的台阶上。有几次丽贝卡打了滑，波克夫人的腿掉在人行道的积雪上，一切都和闹剧一样，荒唐透顶。我记得心中的欢喜从胸膛一直涌到嗓子眼儿。把那个女人挪到车里以后，我停下来喘息，抬头看向天空，星星像泼洒的颜料在夜空闪闪发光。夜晚的寂静如此美妙，我以为我会歇斯底里地笑出声来。那一刻，我觉得整个宇宙都在围着我旋转。丽贝卡看起来很紧张。我关上车门，戴上死亡面具，试图遮掩我的兴奋。我无法向你解释我在想什么，我不想找借口。

"再见。"丽贝卡突然说，转身跑回房子里。

我对着她叫道，"我等着你！"声音穿过积雪的庭院，十分响亮。丽贝卡转过身，一只手指放在嘴唇上让我安静。"我们想去哪儿都行，"我低声说，"就我们两个人，我有钱，没有人会找到我们的。"我告诉她我的地址，"就在小学下面一个街区，你能找到吗？"

她只是挥了挥手，跳上冰冻的台阶，关上了身后的房门。

结局

　　离开 X 镇时，我一张家庭合影都没有带，有的只是闪烁的回忆。我记得我离开时父亲憔悴的样子——躺在床上不省人事。我记忆中的卓妮是个年轻的女孩，美丽、性感、漫不经心。至于我的母亲，我说过了，我想不起她的样子。我记得她躺在床上的遗体，头发稀疏花白。我蜷缩在她身边，等自己喘会儿气，出去告诉我父亲她走了。那时，我父亲已经醉酒好几周了。"你确定？"我站在早晨闷热窒息的阳光里，他问我。我记得那个孤独的画面——我回头看向我母亲虚掩着的卧室门，而她已不在睡梦之中。我在浴室里哭泣着。我清楚地记得镜子里自己的模样，眼睛又红又肿。我脱掉衣服，颤抖着，在淋浴喷头下抱着自己抽泣，瘦长的胳膊像是多余的一样。她死时我只有十九岁，那个时候我瘦得像根竿子，我母亲为此夸过我。

我从来不喜欢照镜子。小学时的我又矮又胖、面色苍白，上体育课爬不上梯子也跑不过其他人，这样不起眼的女孩我们应该都认识。我母亲给我买的衣服要小一号，她希望有一天我变瘦之后衣服能合身，于是我粗胖的大腿挤在衣服里，走路左摇右晃。我长大之后依然很矮，身体却缩得像鸟一样瘦小。有一阵子我长着小孩一样圆鼓鼓的小肚子，然而我离开 X 镇时却像个稻草人，身上没有一丁点肉，我喜欢这样。我当然知道这样对健康不好。我发誓长大以后要吃得更健康，穿得更漂亮，做个真正的女人，可能我以为一离开 X 镇我就会长高十五厘米，变得苗条美丽。我想到了丽贝卡，想象着她穿泳衣的样子——胯骨瘦小、腿又长又美，就像杂志里的模特一样，散发着健康的光芒。也许丽贝卡能帮我，我想，教我该去哪里、怎么穿衣、做什么、如何生活。我见到丽贝卡之前对未来图景的想象后来都成真了：搬进一个破破烂烂的公寓，也许是一个女生宿舍，过上自由的生活，读报纸，吃长着斑点的香蕉，在公园里散步，坐在房间里，像个正常人一样。我曾经希望和丽贝卡在一起能改变我的生活轨迹。我想活出名堂来，渴望成为一个有权势的人，站在高楼大厦上俯视众生，把路过的人都像踩蟑螂一样踩在脚下。

我现在的一天是这样度过的：我住在一个漂亮的地方，睡在一张漂亮的床上，吃的都是漂亮的东西，在漂亮的地方散步。我深深地怜悯他人。晚上我的床上充满爱，因为我独自入睡。我总是哭泣，受伤也好，开心也罢，我并不为此感到羞愧。早上，我走出房门，感恩新的一天到来。我花了许多年才过上这样的生活。二十四岁的时候，我的期待无非是能在陌生人中间度过一个下午，能懒洋洋地走在街上而不用担心我父亲在等我。我想躲在安全的远方，回到一个叫作家的地方，却不知家在何处。正如我所说的，我的消失并不是解决一切问题的万灵药，但确实给了我从头来过的机会。

到纽约的时候，圣诞夜已深，我十分清醒，饥肠辘辘，身上痉挛，脸上水肿。我彻夜游荡在时代广场，看了一场色情电影，因为我太冷了，又不敢入住酒店，害怕警察会来追捕我。我不敢和任何人说话，甚至不敢呼吸。在剧院的后排，我遇见了我的第一任丈夫。所以你看，这个故事的结局并非一条通往天堂的路，但我相信我走的是正确的路，跌倒摔跤都值得。

圣诞节的早晨，X镇一片漆黑，阴冷安静。我把道奇车停在车道上，把波克夫人留在副驾驶座上，快速穿过积雪走到前门进入家里。我没有打包行李，尽管我知道那是我待在这栋房子里的最后时刻了。正当我走下阁楼，把枪和所有的钱塞在包里时，我父亲醒了。我一直没有清空我父亲的账户，也没有兑现我最后一张薪水支票。很长的一段时间里，我都在想我父亲死后我会不会继承那栋房子，但过了一二十年，我估计他已经去世，于是决定忘掉这件事。那栋房子里什么都没有，没有任何我想回去拿的东西。不论怎么看，对于 X 镇来说我都如同已经死了，如同一个鬼影，下落不明。那天早上我看到我父亲站在楼梯中间。他已经喝醉了，戴着一顶帽子，常穿的短裤和浴袍外面披着一件外套，神情就像刚见鬼一样。

"房子后面有人监视我们，"他说，"我整晚都能听到它在呼吸，还有挖雪的声音。但不是阿飞。"他摇摇头。"不知是什么野生动物，也许是狼。"

"睡觉去吧，爸。"我告诉他。地板上放着一瓶酒，我捡了起来。

"你看见了吗？"他问，费力地弯下腰坐在楼梯上，就像一个落魄的国王坐在破裂的宝座上。我坐在他身旁，递给他酒瓶，转身面对他看他喝酒。他的眼睛浑浊，手颤抖着。

"这附近没有狼，"我告诉他，"只有老鼠。"

他只用了一两分钟就把酒喝完了。我记得金酒开始起作用，困意来袭，就像一个魂灵钻进他的身体。他像个孩子一样垂着头，撇着嘴，眼皮颤动着像死去的飞蛾。我抓着他的胳膊肘帮他站起来，他倒在我身上，脖子黏糊糊地贴着我的脸颊。"老鼠？"他咕哝着。我把他带到我母亲的卧室，让他躺下，吻了吻他长满斑点的肿胀的手。

"晚安，爸。"我就这样和他说了再见。我站在那里看着他在床头柜上鼓捣着，拿起一个空酒瓶，眯着眼看了看然后扔到布满灰尘的地毯上，叹了口气，闭上眼睛，昏睡了过去。我关上房门。

如此而已。结局一点都不宏伟。他是我的父亲，仅此而已。我本可以坐几个小时等丽贝卡出现，但这样做没有意义。我知道她不会来的，我知道她早已离去。她只是个懦夫。这些被宠坏了的人觉得只须实现理想，不用承担后果，如此幼稚可悲。我恨她吗？真的没有。丽贝卡是个奇怪的女人，她出现在我生命中一个奇怪的时刻，那正是我最渴望逃离的时候。关于她，我还可以继续讲下去，但这毕竟是我的故事，不是她的。

离开之前我去了一趟洗手间，用热水冲洗着自己的手指。镜子里的人不再是从前的那个女孩了。我无法描述我脸上的那种坚定。我的眼睛和嘴角都带着一种全新的神情。我站在水池前，和这栋房子说了再见。我告诉过你，我那时无比镇定。枪的重量和皮包里的钱告诉我，时间到了，离开吧。我闭着眼睛站在镜子前，那是我在家里的最后时光了。离开是很痛苦的，毕竟那是我的家，我对每间屋子、每把椅子、隔板、台灯、墙壁、吱呀作响的地板、破旧不堪的楼梯扶手，多少都有些感情。在后来的几个星期、几个月里，我想着这一切几乎哭瞎了眼睛，然而在那一天我只是沉重地说了再见。那天晚上，我第一次真正看见了自己，一个弱小的生命在痛苦中挣扎着、改变着。我渴望翻看我小时候的照片，亲吻抚摸照片中我年轻的面庞。我在镜子中吻了吻自己——小时候我经常这么做——然后最后一次走下楼梯。如果可以的话，我愿意去车里，抱起所有的鞋放在门厅，作为告别礼物送给我将死的父亲。我希望他像飓风一样席卷 X 镇，拖着他的病躯闹个天翻地覆。但我没有这样做。我无法这样做。我想起他那天早些时候费力地穿过积雪，像个小男孩一样，只不过更苍老，也没有小男孩的欢欣。我们去买酒时，他一路上圆睁着眼睛，里面满是恐惧而非喜悦。他已经失去了理智，又将要失去他的女儿。

我不知道我的家庭做错了什么。我们并非坏人，也不比你们任何人差。我想，决定我们终将何去何从的也许只是运气而已。我永远地关上了那栋房子的前门，当我转身面向前院时，就像上帝的旨意一样，一根冰柱断裂，掉在了我的脸上，沿着我的眼睛一直划到了下巴。我不觉得疼，只是微微有刺痛的感觉。我感到血涌上来，寒气像幽灵一样钻进伤口。后来一些男人说这块伤疤让我独具个性。有人说那条伤疤在我脸上就像一个空墓穴，还有人说那是一道泪痕。对我来说，那个印记不过让我想起自己曾经的样子。艾琳，那个逃走的女孩。

在太阳升起之前，我最后一次开着道奇车行驶在路上。我只带了一把枪、皮包里的钱和口袋里的地图。曾经我在脑海中一遍一遍地想着 X 镇到拉特兰的路线，似乎没有理由不走这条路。我曾想在新年夜里消失在辞旧迎新的喧嚣中，但事实上，在圣诞夜消失也是一样的。现在想起来，也许那天火车都停运了，我不知道，因为我压根没有去拉特兰。

我有时候会幻想，如果我父亲跌跌撞撞走下地下室的楼梯，发现丽贝卡被绑着，一脸恐惧，就像我发现波克夫人一样，他们之间会有怎样的对话。也许他只是给她松绑，问她有没有酒，然后走上楼去躲避那些鬼魂；也许他会听她讲自己的故事和那套理念，然后让她在下面又饿又怕地待上几天，甚至直到永远；也许他会报警，动用警犬，用我母亲的满是汗渍的脏衣服做线索，穿过冰雪覆盖的山脉搜寻我——他受伤的女儿。我幻想过各种各样的场景，现实中却没有人来找过我，不然就是我藏得太深，从未被找到过。我告诉别人我叫莱娜，在那个春天结婚后便改掉了我的姓。这是结婚的一个好处，女人可以成为一个全新的人。

也许一周之前，我还念念不忘地想过一个正常的圣诞节，希望我能去别人家做客，坐在摆满盛宴的餐桌旁，有火鸡、火腿、羊肉、烤鸭，由一个英俊幽默的老父亲切好。我还渴望自己有个戴珍珠耳环的慈母，一个穿着手织毛衣的祖父，还有一只垂耳的猎犬和噼啪作响的壁炉。如果我没有遇到丽贝卡，也许我会充满悔恨地离开 X 镇，也许我会为自己的落魄而哭泣，对天发誓我要变成一个真正的女人，吃一日三餐，坐姿淑女，写日记，去教堂祈祷，穿干净的衣服，和好女孩做朋友，和男朋友约会，然后成家，做家务，等等——我愿意做任何事，只要不用一个人离开，像孤儿一样消失在圣诞节寒冷的早晨。

但事实是，当我离开 X 镇的时候，我一点都不后悔，我也不是独自一人。道奇车里，芮塔·波克瘫坐在我身边，沉默得几乎令人起敬。她肥大的手冻得青紫，车转弯时滑落在我们中间。我轻轻地把她的手放回她的腿上。

我慢慢开过无人的街道，开过小学、X 镇高中和市政厅。我特意开过警察局，向里面的绿衣警察、落地窗、白炽灯和脏兮兮的油毡地板道别。我行驶在主干道上，昏暗的早晨街道灰蒙蒙、空荡荡。朝阳从地平线上升起，光线细密如针，透过低矮的建筑照亮理发店，照亮面包房窗户上的金色标语和 X 镇邮局前面的冰泥。我开车出城的时候，阳光暗了下来，就好像它知道我无法记住这里的全貌，只能带走支离破碎的细节。风呼啸着，刮得我的脸生疼，让我记住 X 镇不过是地球上的又一个地方，和其他镇子别无二致，一样都是墙与窗，不必怀念也不必留恋。我打开收音机，跳过所有放着圣诞颂歌的频道，然后又关掉。

汽车行驶在那条通向北方的高速公路上。我真希望能再感受一次那种短暂的平静。我脑袋空空的，睁大眼睛惊奇地看着窗外驶过的森林和覆盖着雪的牧场。阳光刺破树林，在汽车转过一个弯道时晃过我双眼。当我能再次看清前方时，一只鹿在我前方几米的地方挡住了车子。我减速，看着那只动物一动不动地回头盯着我，就好像它在等我一样。我停下车，摇上窗户。

我离开的时候，波克夫人在车里睡得正熟。车子还燃着引擎，油箱里的汽油足够再跑几个小时。我希望她睁开眼时，会感谢我把她留在了这里。黎明之下，那片白色的森林泛着青蓝色的光。如果我必须死去，那么死在这里也不错。我对道奇车说了再见，然后朝那头鹿走去。它仍旧一动不动，鼻孔中散出的热气如鬼魂般飘浮在我们之间。我抬起手，算是和它打了招呼。它只是站着，黑色的大眼睛惊讶而和善地看着我，脸上结着薄霜，头上的鹿角如同王冠。它的身子庞大、沉重，微微颤抖着。我的眼里饱含泪水，我就那样在这只动物面前坍塌、崩溃。我张开嘴想和它说话，但它却越过路边，跑入森林，消失不见。我哭了。我用泪水擦掉脸上的血，然后向前走去。冰雪之上，我的步伐清晰而坚定。

在一个交叉路口，我伸出拇指，向南搭了几公里的车。我告诉司机说我和母亲吵架了。那个男人递给我一个装满威士忌的保温瓶。我灌下酒，又哭了一会儿。

"好了，好了。"他说，用他冻伤的大手拍了拍我的腿。

我靠在副驾驶上，喝着酒，看向雾蒙蒙的窗外，看着以前的世界驶过，越来越远，走啊走啊走啊，直到，像我一样，它消失不见。